Emily Brontë

O Morro dos Ventos Uivantes

Tradução e adaptação em português de

Vilma Arêas

Ilustrações de

Avelino Pereira Guedes

editora scipio

Responsabilidade editorial
Sâmia Rios

Edição
Cristina Carletti

Preparação
Gerson Ferracini

Revisão
M. Beatriz Pacca
Thelma Annes de Araújo
Gislene de Oliveira

Programação visual de capa
Didier D. C. Dias de Moraes

Ilustração de capa
Isabel Carballo

Av. das Nações Unidas, 7221
Pinheiros
CEP 05425-902 – São Paulo – SP

ATENDIMENTO AO CLIENTE
Tel.: 4003-3061

www.coletivoleitor.com.br
e-mail: atendimento@aticascipione.com.br

Edição de arte
Didier D. C. Dias de Moraes

Chefia de revisão
Miriam de Carvalho Abões

Coordenação geral de arte
Sérgio Yutaka Suwaki

2022

ISBN 978-85-262-4758-1 – AL

13.ª EDIÇÃO
19.ª impressão

CL: 734353

CAE: 220260

Impressão e acabamento
Gráfica Paym

Traduzido e adaptado de *Wuthering Heights*, de Emily Brontë. Nova York: Pocket Library, 1955.

Dados Internacionais de Catalogação na Publicação (CIP)
(Câmara Brasileira do Livro, SP, Brasil)

Brontë, Emily, 1818-1848.

O morro dos ventos uivantes / Emily Brontë, adaptação em português de Vilma Arêas. – São Paulo: Scipione, 1997. (Série Reencontro literatura)

1. Literatura infantojuvenil I. Arêas, Vilma. II. Título. III. Série.

96-5303 CDD - 028.5

Índices para catálogo sistemático:
1. Literatura infantojuvenil 028.5
2. Literatura juvenil 028.5

QUEM FOI EMILY BRONTË?

Nascida em Thornton, Yorkshire, no dia 30 de julho de 1818, Emily cresceu, juntamente com suas irmãs Anne, Maria, Charlotte, Elizabeth e o irmão Branwell, nas charnecas daquela parte da Inglaterra.

Seu pai, o excêntrico pastor irlandês Patrick Brontë, exerceu grande influência na formação de sua prole. Disciplinador ferrenho e moralista doentio, considerava pecaminoso o prazer mais inocente, a ponto de alimentar seus filhos à base de batatas e de queimar os sapatos de suas filhas se eles lhe parecessem por demais elegantes.

Com a morte da mãe, Maria Branwell, em 1821, a família passou aos cuidados de uma tia materna. Maria e Elizabeth, as irmãs mais velhas, morreram quatro anos mais tarde, vítimas de tuberculose, enquanto cursavam a Escola de Cowan Bridge.

Naquelas crianças, extremamente apegadas aos livros e à região onde moravam, desenvolveu-se a propensão a imaginar novos mundos, povoados de personagens apaixonados. Emily tinha oito anos quando seu pai deu a ela e aos irmãos alguns soldadinhos de madeira. Histórias fantásticas foram inventadas a partir de tão simples brinquedos; embora tenham restado poucos escritos desse tempo, neles já se revelam os dons poéticos dos pequenos Brontë, principalmente os da autora de *O Morro dos Ventos Uivantes*.

Em 1844, Emily e Charlotte seguiram para Bruxelas, capital da Bélgica, com o objetivo de aperfeiçoar seu francês, a fim de que pudessem abrir uma escola em sua própria casa. O projeto, entretanto, não as afastou da literatura: dois anos depois, as três irmãs publicaram, sob pseudônimos, um livro de poemas, do qual apenas dois exemplares foram vendidos. Como se não bastasse a fracassada estreia, os planos quanto à "Escola das Meninas Brontë para a Formação e Educação de um Número Limitado de Jovens" também naufragaram, pois nenhuma aluna chegou sequer a se matricular nela.

Perseveraram, então, em aprimorar sua arte. Emily escreveu um único romance, *O Morro dos Ventos Uivantes*, publicado em 1847, que não teve grande repercussão, tendo sido tachado pelos críticos como uma obra "sádica". O áspero realismo do cotidiano, as sugestões simbólicas e a intensa emotividade com que ela retrata seus personagens são as principais características desse extraordinário livro que, conscientemente ou não, rompeu os limites da narrativa doméstica vitoriana, explorando novos territórios da psicologia. Além disso, *O Morro dos Ventos Uivantes* possui elementos do **romance gótico** ou **romance negro**, gênero literário nascido na Inglaterra em meados do século XVIII, que, em contraposição ao predomínio da razão e do bom senso, entrevê o sublime no terror, centrando-se sobre os aspectos misteriosos da existência.

Emily Brontë adoeceu pouco tempo depois da publicação de seu livro. A recusa a qualquer tratamento levou-a a morrer em Haworth, aos 30 anos, em 19 de dezembro de 1848. Assim como sua genialidade, sua morte também foi prematura.

Capítulo 1

1801

Acabo de visitar meu senhorio, que é também meu solitário vizinho. Esta é uma região admirável. Em toda a Inglaterra não creio que haja lugar mais isolado. Aqui eu e o Sr. Heathcliff somos parceiros, dividindo a mesma solidão. Ele mal sabe o quanto me senti atraído por ele quando percebi seus olhos negros se desviarem taciturnamente, logo que cavalguei em sua direção e anunciei meu nome.

— Sou o Sr. Lockwood, seu novo inquilino, senhor. Vim o mais depressa que pude. Espero que não o tenha aborrecido com minha teimosia em arrendar a Granja dos Tordos.

— Sou o dono da Granja dos Tordos — interrompeu ele, arrogante — e ninguém me aborrece quando não quero. Entre!

Essas palavras foram ditas entre dentes, como se estivesse me mandando para o inferno. Mas decidi aceitar o convite, curioso por conhecer alguém que parecia ainda mais exageradamente reservado do que eu. Heathcliff abriu a cancela e caminhou à minha frente, chamando em voz alta:

— Joseph, cuide do cavalo do Sr. Lockwood. E traga vinho.

Joseph, o criado idoso, porém robusto, cumpriu a ordem com evidente mau humor.

O Morro dos Ventos Uivantes é o nome da casa do Sr. Heathcliff. Adequadamente o nome descreve o tumulto atmosférico a que ela fica exposta nos temporais: o vento norte sopra com violência, inclinando os abetos e espinheiros raquíticos detrás da casa. Felizmente é uma casa bastante forte, com janelas estreitas cravadas nas paredes e cantos protegidos com pedras largas e salientes.

Antes de transpor a soleira, percebi uma data, *1500*, e um nome, *Hareton Earnshaw*, gravados na fachada, entre outros curiosos desenhos. Entrei. A um canto da sala de estar havia uma enorme lareira. Num imenso aparador luziam filas de pratos de estanho e jarros de prata, ao lado de bolos de aveia, pernas de vaca e de carneiro e presuntos. Em cima da lareira havia velhas pistolas. O chão era de pedra branca e lisa; a mobília, de feitio antigo. Debaixo do aparador descansava uma perdigueira rodeada de cachorrinhos irrequietos; outros cães estavam pelos cantos.

Ora, o aposento e a mobília nada teriam de extraordinário se pertencessem a um simples lavrador, mas não ao Sr. Heathcliff. Ele é contraditório: moreno como um cigano, de aspecto taciturno, veste-se e comporta-se como um fidalgo rural; é negligente, mas elegante. Como eu, o Sr. Heathcliff deve amar e odiar discretamente, pois, pelo visto, temos ambos horror de demonstrar nossos sentimentos.

Sentei-me junto da lareira e tentei acariciar a perdigueira, que me rondava de dentes arreganhados como uma loba, mas o gesto provocou-lhe um rosnado prolongado.

— Deixe a cadela em paz — resmungou Heathcliff, dando-lhe um pontapé. — Ela não é um bichinho de estimação.

Foi até uma porta lateral e gritou:

— Joseph!

Como o criado não aparecesse, Heathcliff desceu até a adega, deixando-me entregue aos cães.

Mantive-me imóvel para não provocá-los, mas infelizmente não supus que as caretas que lhes fazia acabariam por enraivecê-los. O resultado é que se lançaram a meus joelhos. Tentei mantê-los a distância com o atiçador, mas logo fui obrigado a gritar por socorro. Heathcliff e o criado não se apressaram. Felizmente, uma mulher robusta, de saia arregaçada e rosto afogueado, veio da cozinha e restabeleceu a ordem com uma frigideira em punho.

— Que diabo é isto? — perguntou Heathcliff, entrando na sala.

Resmunguei algo contra seus cães.

— Eles não atacam pessoas que não mexem em nada — replicou, colocando diante de nós uma garrafa. — Cães têm de ser vigilantes. Aceita um copo de vinho?

— Não, obrigado.

— Foi mordido?

— Se tivesse sido, isso não ficaria assim.

A dureza do semblante de Heathcliff abrandou-se num sorriso.

— Vejo que está nervoso, Sr. Lockwood. É que hóspedes são tão raros nesta casa, que eu e meus cães não sabemos como recebê-los. À sua saúde.

Retribuí o brinde, percebendo que seria idiotice zangar-me por causa de alguns animais. Além disso, não queria dar motivo de zombaria ao meu anfitrião.

Durante a conversa que se seguiu, notei que Heathcliff era um homem inteligente e manifestei a intenção de repetir a visita no dia seguinte, mesmo percebendo seu desagrado. É surpreendente como me senti sociável comparado com ele!

Capítulo 2

Ontem o dia estava frio e nebuloso. Pretendia ficar em casa, junto da lareira, mas quando subi ao escritório encontrei a criada a fazer faxina no aposento. Peguei o chapéu e caminhei quatro milhas até chegar ao Morro dos Ventos Uivantes. Começavam a cair os primeiros flocos de um turbilhão de neve.

Ali, no cimo da colina, o vento me enregelou. Bati à porta até os cães começarem a ladrar. Finalmente, o rosto azedo de Joseph apareceu numa janela do celeiro. Gritou que o senhor estava no curral e que não havia ninguém para abrir a porta, exceto a senhora, mas que esta não mexeria um dedo para atender-me.

— Por quê? Você não pode dizer quem eu sou, Joseph?

— Não tenho nada com isso.

A neve começava a cair mais densamente. Subitamente, apareceu um jovem sem paletó, com uma forquilha ao ombro, que me conduziu ao redor da casa até o aposento onde eu estivera na véspera. Ali, o fogo luzia deliciosamente na lareira e a mesa estava posta. Inclinei-me diante da senhora que ali estava, esperando que me oferecesse uma cadeira, mas ela permaneceu imóvel e calada. Tentando estabelecer uma conversa qualquer, comentei sobre o mau tempo e perguntei-lhe se tencionava distribuir a ninhada daquela terrível cadela.

— Não são meus — replicou ela, mais áspera que o próprio Heathcliff.

Quando pude observá-la melhor à luz, percebi que era belíssima: delgada, quase adolescente, feições delicadas, cabelos de ouro.

— Foi convidado para tomar chá? — perguntou, enquanto vestia um avental e colocava algumas folhas no bule.

— Gostaria de tomar uma xícara — respondi.

— Foi convidado? — repetiu. Como eu sugeri que ela o fizesse, sentou-se de cara amuada.

Enquanto isso, o rapaz me olhava como se fôssemos inimigos mortais. Não sabia se era um criado ou não: a roupa e a linguagem eram rudes, os cabelos, desgrenhados, e as mãos, crestadas como as de um lavrador.

Heathcliff entrou cinco minutos depois.

— Como vê, estou aqui, conforme prometi — exclamei, tentando um tom jovial.

Heathcliff deu de ombros, afirmando que era uma ocasião estranha para alguém passear, e que muitos moradores se perdiam em noites como aquela.

— Talvez possa me arranjar um guia — sugeri.

— Não, não posso.

Sentamo-nos à mesa para o chá. A aspereza de Heathcliff e o mutismo geral incomodaram-me. Tentando quebrar o silêncio, cometi uma série de gafes: ignorando a diferença de idades, achei que a "encantadora senhora" era esposa de Heathcliff, quando na verdade era sua nora, conforme esclareceu zombeteiramente meu anfitrião; em seguida concluí que o rústico ao nosso lado, comendo pão com as mãos sujas, era o marido da moça.

— Conjeturas infelizes — observou Heathcliff. — O marido dela está morto.

— E esse moço é...

— Meu filho é que não.

— Meu nome é Hareton Earnshaw — grunhiu o outro. — Trate de respeitá-lo.

Comecei a me sentir deslocado naquele círculo familiar. O tempo continuava tempestuoso. Observei novamente que precisaria de um guia para chegar em casa. Ninguém me deu a mínima atenção, e cada um foi cuidar dos seus afazeres.

Quando todos saíram, implorei ajuda à jovem.

— Tome o caminho por onde veio — replicou, afundando-se numa poltrona.

— Se eu morrer, numa cova cheia de neve, não terá remorsos?

Retrucou-me que não havia ninguém para acompanhar-me.

— Então terei de ficar.

— Entenda-se com Heathcliff.

— Não tenho acomodações para visitantes — bradou a voz de Heathcliff, que acabava de retornar.

— Posso dormir neste aposento, numa cadeira — retruquei.

— Não, não! Um estranho é sempre um estranho, não confio em nenhum.

Irritado com o insulto, corri para fora, agarrando de passagem a lanterna de Joseph.

— Patrão, patrão, ele roubou minha lanterna — gritou o velho. Em seguida, atiçou os cães contra mim.

Quando eu abria a cancela, dois monstros peludos jogaram-me ao chão, enquanto Heathcliff e Hareton rompiam em gargalhadas. Respondi-lhes com pragas, e essa situação odiosa continuaria indefinidamente, se Zillah, a criada da casa, não viesse em meu socorro.

— Pobre rapaz! Querem matá-lo? Decididamente esta casa não me serve!

Borrifou-me a cara com água gelada e levou-me para a cozinha. Deu-me aguardente, lastimou minha triste situação e conduziu-me até a cama.

Capítulo 3

Enquanto me guiava escada acima, Zillah recomendou que ocultasse a vela e não fizesse ruído, porque o patrão tinha ideias esquisitas sobre o cômodo que ela me destinara, mas não soube explicar-me a razão.

O quarto era modestamente mobiliado. Um imenso armário de carvalho formava um pequeno compartimento, que englobava uma das janelas, cujo peitoril servia de mesa. Pousei ali o castiçal e notei inscrições a canivete: *Catherine Heathcliff, Catherine Earnshaw* e *Catherine Linton.*

Encostei a cabeça na vidraça, repetindo tais nomes, e cochilei. Despertei com o cheiro da vela que chamuscara um dos livros. Era uma bíblia com os dizeres "Pertence a Catherine Earnshaw" na folha de rosto. Examinei os outros volumes. Neles havia uma espécie de diário em letra desvanecida.

"Que domingo horrível!" — dizia uma passagem. — "Gostaria que meu pai voltasse. Hindley é um substituto detestável! Sua atitude com Heathcliff é atroz! Eu e H. vamos nos rebelar."

A leitura dos outros parágrafos pôs-me a par das desventuras de ambos após a morte do pai, dos maus tratos de Hindley e de sua mulher Frances, do zelo religioso de Joseph, obrigando as crianças a rezar durante horas no sótão, enquanto chovia copiosamente.

Li durante um longo tempo; depois comecei a cabecear sobre o livro e tive um estranho sonho, envolvendo ofícios religiosos, fastidiosos sermões e perseguições aos ímpios.

No pesadelo, claro, o perseguido era eu.

Despertei e adormeci de novo, pouco depois. Dessa vez sonhei que estava ali mesmo, no cubículo de madeira, e que irritava-me o ruído de um ramo de pinheiro que batia contra a janela. Como não conseguisse abri-la, quebrei a vidraça, disposto a afastar o ramo importuno. Mas meus dedos fecharam-se sobre uma pequenina mão gelada. Uma voz repassada de tristeza implorou:

— Deixe-me entrar... Deixe-me entrar...

— Quem é você? — perguntei, tentando desembaraçar-me daquela mão.

— Catherine Linton — respondeu a voz.

Vendo que não conseguia libertar-me, maldosamente puxei a mão até o vidro quebrado, para que o pulso se ferisse. O sangue escorreu e ensopou a cama.

— Deixe-me entrar... Há vinte anos vago penando por aí...

Apavorado, comecei a gritar. Só quando ouvi passos no corredor despertei, e percebi que gritara realmente.

— Há alguém aí? — Era a voz de Heathcliff.

Resolvi aparecer e corri os painéis de meu cubículo. Minha ação produziu um efeito fulminante: Heathcliff, com uma vela a pingar-lhe dos dedos, estava lívido. Deixou cair a vela, e tão grande era sua agitação, que mal conseguia recuperá-la.

— Sou eu, seu inquilino. É que tive um pesadelo horrível! O senhor tem razão em manter esse cubículo fechado. Quem pode dormir num covil desses?

— O que quer dizer com isso? — perguntou, transtornado.

Inadvertidamente contei-lhe os sonhos, falei-lhe de Catherine, cujo diário folheara.

— Devia ser uma criaturinha muito perversa, para vaguear por vinte anos...

— Como se atreve a falar assim? — trovejou Heathcliff com selvagem veemência. — Como se atreve, debaixo de meu teto?

Furioso, batia na testa. Depois sentou-se no leito, tomado de violenta emoção.

Resolvi sair, mas do corredor presenciei um ato supersticioso do meu senhorio: escancarara a janela e, soluçando, implorava:

— Vem, Cathy! Vem *de novo*! Oh, meu amor, ouve-me *desta vez*!

Saí desgostoso comigo mesmo por ter motivado tal desespero.

Ao amanhecer, os moradores da casa reuniram-se na sala comum: Zillah, avivando as chamas da lareira com um imenso fole; a Sra. Heathcliff lendo, de joelhos, diante do fogo. Meu senhorio dirigiu-se a ela, aos brados:

— E você, sua inútil! Os outros ganham o seu pão, mas você vive da minha caridade. Largue essa porcaria e faça alguma coisa!

Diante da resposta insolente da jovem, Heathcliff ergueu a mão, mas ela desviou-se e, felizmente, a briga terminou por ali.

Recusei-me a partilhar a refeição com eles e escapuli para o ar livre, agora límpido, calmo e frio como gelo. Heathcliff alcançou-me e acompanhou-me através do descampado, até a entrada da Granja dos Tordos, onde eu já não podia mais extraviar-me. Sua ajuda foi inestimável, pois vencer as duas milhas que restavam me fez andar em círculos e afundar na neve até o pescoço.

Em casa, receberam-me com alvoroço, julgando que eu havia perecido na tempestade. Enregelado até os ossos, mudei de roupa e fechei-me no escritório, tão exausto que mal podia apreciar o fogo que crepitava e o café fumegante que a criada preparara.

Capítulo 4

Como somos volúveis! Eu, que decidira afastar-me de todo convívio social, pedi à Sra. Ellen Dean, minha criada, que se sentasse enquanto eu ceava e que me contasse a história de meus estranhos vizinhos.

— Que tal achou o patrão? — quis saber ela.

— Meio áspero, Sra. Dean.

— Áspero como dentes de serrote e duro como pedra. Quanto menos o senhor se meter com ele, melhor.

Contente com a oportunidade de conversar, a criada foi buscar alguma roupa para costurar e ofereceu-me um caldo quente, pois eu havia apanhado um resfriado com a aventura da véspera.

Foi assim que ela me narrou toda a história:

"Eu os conheço desde menina, pois minha mãe foi ama do Sr. Hindley Earnshaw, pai de Hareton, o moço de aspecto rude que o senhor conheceu no Morro dos Ventos Uivantes. Uma bela manhã de verão, o velho Earnshaw, pai do Sr. Hindley e de Cathy, foi até Liverpool, e prometeu que ao retornar traria presentes para nós três — apesar de ser uma criada, eu era tratada com certas regalias. Pois bem, após três dias de viagem, quando todos já se preocupavam com sua demora, ele reapareceu. Entrou na sala e atirou-se a uma poltrona, rindo e lamentando-se do cansaço. Aí desenrolou o capote e mostrou à mulher seu inesperado conteúdo.

— Veja, mulher. Precisamos aceitar isso como uma dádiva do Senhor.

Aproximamo-nos e vimos um garotinho sujo e andrajoso. Parecia mais velho do que Cathy, que tinha então uns seis anos, mas proferia palavras ininteligíveis. Ficamos assustados e a Sra. Earnshaw mostrou-se disposta a expulsá-lo.

O marido, porém, foi inflexível. Encontrara-o perambulando pelas ruas, faminto; não poderia abandoná-lo. Mandou-me dar banho no garoto, vestir-lhe roupas limpas para que dormisse com os meninos. Estes, porém, não o aceitaram e eu o alojei no patamar, esperando que ele partisse por conta própria. O Sr. Earnshaw descobriu tudo e, num acesso de cólera, me despediu. Assim entrou Heathcliff na família, batizado com o nome de um filho de meus patrões que tinha morrido ainda pequenino.

Pouco tempo depois, ele e Cathy tornaram-se inseparáveis. Mas Hindley detestava-o, assim como eu, que tinha sido readmitida à casa pouco depois da expulsão. A patroa percebia nossas maldades, mas jamais o defendia. Heathcliff era uma criança paciente, tristonha, endurecida pelos maus tratos. Suportava os pontapés de Hindley sem derramar uma lágrima, e quando eu o beliscava, apenas soltava um suspiro.

Contudo, o velho Earnshaw se afeiçoara estranhamente ao pequeno e acreditava em tudo o que ele lhe dizia — em geral, Heathcliff falava pouco, mas dizia sempre a verdade. Veja como ele introduziu a discórdia na família!

Hindley, contudo, perdeu a última aliada contra o enjeitado quando percebi nele qualidades raras: força de ânimo e obstinação. Como nunca se queixava das maldades que lhe faziam, julguei que não fosse vingativo. Estava, porém, completamente iludida, como o senhor verá."

Capítulo 5

"Com o correr do tempo, o Sr. Earnshaw sentiu que as forças lhe faltavam. Irritava-se com a própria doença. Qualquer coisa o afligia, principalmente em relação a Heathcliff, seu favorito. Acho mesmo que isso foi prejudicial ao temperamento do garoto.

Aconselhado pelo cura, o velho Earnshaw acabou por enviar Hindley ao colégio, para pôr fim às discórdias entre os dois meninos. Pensa o senhor que houve paz na casa depois disso? Qual nada. Em primeiro lugar, devido à presença de Joseph, que o senhor já conhece. Nunca vi ninguém tão perito em arrancar da bíblia promessas para si mesmo e maldições para os outros. Com seu jeito de fazer sermões e discursos piedosos, conseguia cada vez maior ascendência sobre o espírito enfraquecido do velho patrão, o que era uma fonte de aborrecimento para todos nós.

A segunda causa de perturbação era a própria Cathy. De manhã até a noite, perseguia-nos com suas travessuras. Era brava, endiabrada, mas com olhos lindos, um sorriso adorável e o pezinho mais ligeiro de toda a redondeza. Acho que não era má de propósito, pois quando nos via chorar, não saía de perto, consolando-nos. Era louca por Heathcliff, e seu maior castigo era ver-se privada de sua companhia. Por causa dele, contudo, recebia maiores reprimendas que qualquer um de nós.

O Sr. Earnshaw não tolerava as brincadeiras dos filhos e Cathy não compreendia a impaciência do pai, derivada da enfermidade. Às vezes, depois de comportar-se mal durante todo o dia, a menina o acariciava, tentando fazer as pazes.

— Não, Cathy — dizia então o velho —, eu não posso gostar de você. Você é pior do que seu irmão. Faça as suas orações, minha filha, e peça perdão a Deus. Eu e sua mãe erramos na sua criação.

A princípio, essas palavras a faziam chorar, mas, com sua repetição, tornou-se insensível e cínica.

Por fim cumpriu-se o tempo do velho Earnshaw. Ele morreu serenamente em sua poltrona, numa noite de outubro, junto da lareira. O vento uivava ao redor da casa, ressoando na chaminé. Estávamos todos reunidos: eu, entretida a tricotar meias; Joseph, lendo a bíblia; Cathy, encostada aos joelhos do pai; e Heathcliff, estirado no chão, com a cabeça no colo da menina.

Cathy cantou para adormecer o pai, que, daí a pouco,

deixou pender a cabeça sobre o peito. Durante uma meia hora ficamos quietos como ratinhos, imersos em uma santa paz. Entretanto, quando Joseph foi levá-lo à cama, percebemos que estava morto. Choramos alto, amargamente. Joseph disse-nos que não havia motivo para desespero quando um santo entrava no Céu.

Fui enviada, debaixo do vento e da chuva, a chamar o médico e o padre. Na volta, passei pelo quarto dos meninos. A porta estava entreaberta e ouvi o que falavam. Juro que jamais nenhum padre descreveu o Céu tão cheio de belezas quanto aqueles inocentes... Enquanto os escutava, soluçando, desejei que um dia estivéssemos todos juntos naquele paraíso, sãos e salvos."

Capítulo 6

"O Sr. Hindley veio ao enterro e, para nossa surpresa, trouxe consigo uma mulher, com quem se casara. Concluímos que, se ela tivesse dinheiro ou nome importante, ele não teria ocultado o casamento do pai. Tudo na casa pareceu deliciá-la e achei-a meio tolinha. Só não gostou dos preparativos para o funeral. Trêmula, explicou-me que tinha medo de morrer. Não vi razão para isso: ela era nova e, embora meio magra, de boas cores. Os olhos brilhavam como diamantes, mas notei que ofegava ao subir as escadas e que tinha uma tosse impertinente. Não soube, contudo, avaliar tais sintomas.

Naqueles anos de ausência, o jovem Earnshaw modificara-se muito, não só fisicamente. No próprio dia da chegada ordenou a mim e a Joseph que, daquela data em diante, nos limitássemos à cozinha. Com Heathcliff, mostrou-se tirânico: enviou-o para a companhia dos criados, privou-o das lições do cura e obrigou-o a uma faina tão dura na granja como a de qualquer dos outros empregados da lavoura.

Nos primeiros tempos, Heathcliff suportou bem tal degradação, porque Cathy lhe ensinava o que aprendia, e trabalhava ou brincava com ele nos campos. Prometiam crescer como selvagens, pois o novo patrão pouco se importava com eles. Um dos principais divertimentos dos dois era correr pelos pântanos durante o dia inteiro, o que valia açoites para Heathcliff e, para Cathy, longos capítulos da bíblia a serem decorados. Ambos, no entanto, não pareciam importar-se com isso.

Certa tarde de domingo, foram expulsos da sala por fazerem barulho. Quando fui chamá-los para a ceia, não os encontrei em parte alguma. Hindley, furioso, ordenou que trancássemos a porta e que ninguém os deixasse entrar naquela noite. Mas eu estava preocupada e mantive a janela aberta, indiferente à chuva. Muito mais tarde, vi brilhar uma lanterna: era Heathcliff que voltava.

— Onde está Cathy? — perguntei, aflita.

Ele narrou-me o acontecido:

'Eu e Cathy fugimos e fomos até a Granja dos Tordos espiar os Lintons. Como passariam os dias? Será que ouviam sermões e eram castigados como nós? Nada disso. Do peitoril da janela nós vimos... Ah, que lindo! Uma sala atapetada de vermelho, com um lustre que parecia feito de pingos de chuva. O Sr. e a Sra. Linton não estavam lá; apenas os filhos, Edgar e Isabella. Mas você pensa que pareciam felizes? Qual nada. Brigavam por ninharias, pareciam tolos e mimados. Sinceramente, nós sentimos desprezo por eles. Então começamos a rir às gargalhadas, e eles nos descobriram. Tentamos fugir, mas atiçaram um buldogue contra nós, que apanhou Cathy pelo tornozelo. Agarrei uma pedra e meti-a na boca do cão, enquanto praguejava sem parar.

Os moradores acorreram ao local, e um criado livrou a perna de Cathy das presas do cachorro. Imaginaram que fazíamos parte de uma quadrilha, e que tínhamos sido enviados na frente para penetrar na casa pelas janelas e abrir as portas para os ladrões.

— Os bandidos sabiam que eu recebi meus rendimentos ontem — afirmava o Sr. Linton. — Pela cara deste, vê-se que é mau.

Iluminaram meu rosto com uma lanterna.

— Ai, que feio! — gritou Isabella. — Parece o filho da cigana que roubou meu faisão domesticado.

Nesse ponto Cathy desatou a rir e Edgar Linton reconheceu-a.

— É a menina Earnshaw — disse ele.

O espanto foi geral. A menina Earnshaw, a vaguear pelos campos, com um cigano!

— A negligência do irmão dela é indesculpável! — vociferava o Sr. Linton. — Disseram-me que ele a abandonou completamente. E esse menino deve ser o enjeitado que o velho Earnshaw acolheu em sua casa.

Levaram Cathy para o interior da residência e ordenaram-me que fosse embora, colocando-me uma lanterna na mão. Mas eu não queria abandonar Cathy, e fiquei espiando pela janela. Ela estava muito quieta, sentada no canapé. Uma criada trouxe uma bacia de água quente e lavou-lhe os pés. Vestiram-lhe roupas adequadas e pentearam seus cabelos. Isabella deu-lhe um prato de bolos, e depois levaram-na para junto da lareira. Trataram-me de maneira completamente diferente, certamente porque sabiam que ela era uma moça de boa família, e eu não merecia a mesma consideração.

Quando resolvi partir, ela parecia contente e todos a admiravam. Pudera! Ela é mil vezes superior a eles. Não há ninguém como Cathy, não é verdade, Nelly? — era assim que as crianças me chamavam.'

— Isso não vai ficar assim — eu disse, aconchegando-lhe a roupa de cama e apagando a luz. — Você é incorrigível e o Sr. Hindley vai ser bastante severo desta vez.

Tudo aconteceu como eu previra. O Sr. Linton veio no dia seguinte visitar o patrão e pregou-lhe um sermão e tanto. Heathcliff dessa vez não foi surrado, mas ficou terminantemente proibido de falar com Cathy, sob pena de expulsão. A Sra. Earnshaw ficou encarregada de cuidar da cunhada, assim que ela regressasse da Granja dos Tordos. Usaria de astúcia e não de força, pois sabia que pela força não conseguiria nada."

Capítulo 7

"Cathy passou cinco semanas na Granja dos Tordos e quando voltou, pouco antes do Natal, era outra pessoa. Em vez da selvagenzinha sem chapéu, entrando em casa como um furacão, vimos apear de um potro negro uma pessoa de cachos luzidios e de comportamento impecável.

— Bravo, Cathy, como está linda! — saudou Hindley, embevecido.

Embora mostrasse alegria nos olhos, Cathy cumprimentou a todos com cuidado, para não estragar a linda roupa; a mim, deu-me um beijo de leve, pois eu estava toda enfarinhada com os preparativos dos bolos de Natal.

Finalmente, Cathy olhou em volta, à procura de Heathcliff. Era o momento que todos temiam. Não foi fácil encontrá-lo, pois escondera-se ao ver chegar aquela jovem tão elegante, em vez da garota desgrenhada que esperava. No entanto, não havia motivo de preocupação para os patrões, pois, assim que descobriu o amigo em seu esconderijo, Cathy deu-lhe beijos, e desatou a rir.

— Ah, como você está sujo e feio! Deve ser porque me habituei aos Lintons. Então, Heathcliff, esqueceu-se de mim?

— É melhor não me tocar — disse o rapaz, ressentido e inflexível. E precipitou-se para fora, para alegria geral dos patrões.

Os Lintons passariam o Natal conosco. Assim, entreguei-me aos preparativos para a festa. Enquanto os donos da casa arrumavam os presentes, fiquei sozinha, aspirando o cheiro das iguarias e admirando o brilho das pratas, o relógio enfeitado com azevinho, as canecas prontas para serem enchidas de cerveja quente aromatizada com especiarias, e principalmente o chão, limpo e brilhante, esfregado por mim. Depois pensei em Heathcliff, no quanto o velho patrão temia vê-lo desamparado após sua morte. Tive vontade de chorar, mas achei que o mais prudente seria tentar ajudá-lo. Fui procurá-lo no pátio e encontrei-o escovando os cavalos. Aconselhei-o a arrumar-se a tempo de conversar um pouco com Cathy, antes de deitar-se.

— Venha! Fiz um bolinho para cada um de nós e eles já estão quase cozidos.

Não me deu a mínima atenção e fugiu para os pântanos, mal rompeu o dia seguinte. No entanto, voltou mais tarde com um ânimo diferente.

— Nelly, ajude-me! Quero ser bom!

Fiz-lhe ver as inconveniências de seu orgulho desmedido e contei-lhe que Cathy chorara com sua fuga. Ficou muito sério.

— Bem, eu também chorei a noite passada, e com mais razão que ela.

— Ora, pare com isso. Vou arrumá-lo tão bem que Edgar Linton parecerá um boneco tolo perto de você. Seu rosto iluminou-se, mas depois ensombreceu-se.

— Ora, não posso ter os olhos azuis de Edgar Linton, nem o dinheiro que ele herdará um dia.

A despeito de tais pensamentos, vestiu-se e arrumou-se. Neste momento chegaram todos da igreja e animei Heathcliff a ir recebê-los. Não se fez de rogado. Por infelicidade, a primeira pessoa que encontrou foi Hindley, que lhe deu um empurrão e o escorraçou para a cozinha.

Intercedi por ele, em vão. Mas quando o próprio Edgar Linton, que espreitava a cena pela porta, começou a zombar dele, afirmando que seus cabelos pareciam "a crina de um potro", ele perdeu a cabeça: atirou à cara do rival uma molheira cheia de calda quente de maçã. Foi um Deus nos acuda. Hindley arrastou Heathcliff ao quarto para açoitá-lo, o que de fato foi feito. Isabella começou a choramingar, querendo voltar para casa. Edgar também chorava, assoando-se com um lenço de cambraia.

— Não chore — exclamou Cathy, desdenhosa. — Afinal, você não está morrendo. E você, Isabella, acabe com isso.

Por fim, esfomeados pelo passeio, os comensais acalmaram-se diante das iguarias. Eu observava Catherine a cortar, indiferente, uma fatia de ganso, e pensava no coração insensível que ela deveria ter, ao dar as costas aos infortúnios de seu antigo companheiro. Mas eu me enganava. De repente, ela interrompeu seu gesto e grossas lágrimas corriam-lhe pelas faces. Heathcliff estava fechado a chave no sótão, o que me impedia até de levar-lhe algo para comer.

À noite, com a confusão do baile e a alegria das danças, Cathy escapuliu e, através das tábuas, ficou conversando com o amigo. Mais tarde fui avisá-la de que os músicos partiam e que logo dariam por sua falta. Pois a danadinha estava lá dentro com Heathcliff: tinha descoberto uma claraboia no teto, por onde se esgueirara. Mas só concordou em voltar se levasse Heathcliff consigo — àquela hora, ninguém o notaria. Trouxe-o para a cozinha e ofereci-lhe toda a sorte de guloseimas. Apesar do jejum, comeu pouco.

— Sabe, Nelly — disse ele —, um dia vou me vingar de Hindley.

Retruquei-lhe que a Deus competia castigar os maus.

— Não — teimou —, Deus não teria a satisfação que vou ter!"

Nesse ponto, a criada ergueu-se e arrumou a costura.

— Como sou tagarela, Sr. Lockwood! O senhor deve estar morto de sono com tantos pormenores.

Mas eu estava interessadíssimo e longe de me sentir sonolento.

Capítulo 8

Convencida do meu interesse, a Sra. Dean resolveu não omitir detalhes importantes e continuar a história a partir do verão de 1778, ou seja, há quase 23 anos.

"Num belo dia de junho — continuou a criada — nasceu o filho de Hindley. Era um belíssimo menino e recebeu o nome de Hareton. Mas a mãe, pobrezinha, morreu pouco depois, para desespero do marido. A criança ficou inteiramente sob meus cuidados, e o pai entregou-se a uma vida de total dissipação. Não chorava nem rezava, e sua existência desordenada, suas blasfêmias, afastaram todos os criados. Só ficamos Joseph e eu, porque era sua irmã de leite e porque não queria abandonar o menino.

Aquela vida de louco era um péssimo exemplo para Heathcliff e para Cathy. O primeiro parecia ter algo de endemoninhado e deliciava-se com a degradação de Hindley. Cathy, que tinha 15 anos e era a jovem mais bonita das redondezas, por sua vez tornara-se uma pessoa altiva e indomável.

Depois daquelas cinco semanas em que esteve na

Granja dos Tordos, Catherine passou a manter relações constantes com os Lintons. Como era ambiciosa, possuía a necessária ambiguidade para equilibrar-se entre a sofisticação de seus novos amigos e a selvageria de Heathcliff. Muitas vezes zombei de suas perplexidades e da sua inconfessada aflição diante disso. Tenho de admitir que, a despeito do orgulho, Catherine era fiel às velhas amizades, mesmo diante da repulsa moral e física — mesmo não sendo feio — que Heathcliff provocava aos 16 anos. Àquela altura, ele já perdera os benefícios da educação recebida nos tempos do velho Sr. Earnshaw e havia renunciado totalmente a tentar manter o mesmo nível de Cathy. Nada o incitou a dar o menor passo para se elevar, depois de compreender que jamais poderia regressar à situação anterior; ao contrário, parecia ter um prazer mórbido em despertar aversão.

Uma tarde em que o patrão se ausentara, Heathcliff resolveu faltar ao trabalho e passar a tarde com Cathy. Eu acabava de ajudá-la a se vestir quando ele entrou.

— Cathy, você tem a tarde livre? Vai a algum lugar?

— Não — gaguejou ela que, na verdade, convidara Edgar a visitá-la.

— Por que então esse vestido de seda?

Ela tentou desviar o assunto:

— Mas você não devia estar agora trabalhando no campo?

— Hindley nos livrou de sua presença odiosa — replicou ele. — Hoje não trabalho mais. Quero passar a tarde com você.

Catherine não teve alternativa e confessou:

— Isabella e Edgar prometeram que viriam esta tarde.

— Ora, peça a Nelly para dizer que você está ocupada. Não diga que vai me trocar por esses idiotas.

Antes que Catherine retrucasse, Heathcliff mostrou-lhe um calendário onde estavam assinalados os poucos dias que passara com ela naquele mês.

— Que disparate! — exclamou a jovem, irritada. — E eu deveria estar sempre com você? O que é que eu lucraria com isso? Sobre o que é que podemos conversar?

O rapaz ia responder, mas nesse instante entrou Edgar Linton e ele fugiu. Naturalmente, a jovem notou a diferença entre os dois — a mesma diferença existente entre uma região montanhosa e deserta e um vale fértil e formoso.

Como o Sr. Hindley não gostava que eu os deixasse a sós, entrei e comecei a limpar as pratas do aparador. Em voz baixa, Catherine ordenou-me que saísse; eu neguei-me a lhe obedecer. Ainda irritada pela discussão com Heathcliff, ela dissimuladamente deu-me um beliscão, e eu gritei:

— Que maldade! Você não tem o direito de me beliscar.

— Cale a boca, mentirosa. Eu nem lhe encostei um dedo!

O pequeno Hareton, que me seguia por toda a parte, começou a chorar, dizendo 'a tia Cathy é muito má'. Foi o bastante para que ela sacudisse a pobre criança até torná-la cor de cera.

— Querida Catherine! — interveio Linton, escandalizado, interpondo-se entre ela e o menino. Mas acabou por levar um bofetão de seu ídolo.

Fugi para a cozinha com Hareton, sem deixar de ouvir a discussão que tiveram. Edgar, ofendido, afirmava que jamais voltaria àquela casa, pois tinha vergonha de tal amiga. Por sua vez, Catherine ameaçou-o jurando que, se ele partisse, ela choraria até adoecer. Linton caminhou até o pátio e vacilou. Tentei encorajá-lo:

— Não volte, Sr. Linton, monte o seu cavalo! Ela é mesmo muito caprichosa e estragada pelos mimos.

Mas após um momento de hesitação ele voltou, e percebi que tinha o destino selado.

Dali a pouco fui preveni-los de que o Sr. Earnshaw regressara bêbado e notei que a briga os transformara de amigos em namorados. Linton partiu às pressas. Eu fui esconder o pequeno Hareton e descarregar a espingarda do patrão, com a qual gostava de brincar sempre que estava meio enlouquecido. Naturalmente, esse hábito punha em risco a vida de qualquer pessoa que passasse por perto."

Capítulo 9

"O Sr. Hindley entrou vociferando palavrões. Escondi Hareton no armário da cozinha, por causa do pavor que o pequeno sentia pelo pai. Este, contudo, percebeu a minha manobra e as cenas que se seguiram foram terríveis: ameaçou fazer-me engolir a faca da cozinha e quis obrigar o filho a beijá-lo. Como não conseguisse, levou a criança, que gritava apavorada, para o andar superior e a ergueu acima do corrimão. O ruído de alguém à entrada distraiu Hindley. Hareton, em sua tentativa de se libertar do pai, fez um movimento inesperado e caiu.

Era Heathcliff que entrava e, seguindo um impulso natural, amparou a queda do menino. Estávamos paralisados de terror, mas o rosto de Heathcliff espelhava frustração e desalento por ter salvo, sem querer, o filho de seu maior inimigo. Fugi para a cozinha com a criança. Mais tarde, cantava-lhe uma cantiga de ninar, quando Cathy entrou.

— Está sozinha, Nelly?

— Estou, sim — respondi.

Notei que tinha o ar preocupado. Depois, duas lágrimas rolaram-lhe pela face. Eu não esquecera a maneira como tinha sido tratada e resolvi não me envolver muito naquela tristeza.

— Onde está Heathcliff? — perguntou.

— No estábulo, trabalhando.

Na verdade, percebi depois, Heathcliff estava em um canto da cozinha, deitado em um banco de espaldar alto, motivo pelo qual não o vimos.

— Meu Deus! — exclamou Catherine por fim. — Sou tão infeliz!

Pediu-me segredo e confessou-me que aceitara o pedido de casamento que Edgar Linton lhe fizera àquela tarde. Mas não sabia se agira bem.

— Antes de tudo: gosta do Sr. Edgar? — indaguei.

Disse-me que sim, que o amava porque era belo, alegre, rico e também porque ele a amava. Fiz-lhe ver que esses motivos não eram suficientes, mas ela teimou que ia casar-se mesmo assim.

— Então, qual é o problema? — perguntei.

Catherine bateu com uma das mãos na testa e com a outra no peito.

— No meu cérebro e no meu coração estou convencida de que faço mal.

Estava trêmula, contou-me sonhos estranhos, que ouvi com temor. Tinha sido expulsa do Céu, um lugar maravilhoso, para cair, chorando de alegria, no Morro dos Ventos Uivantes. Ela mesma interpretou o sonho.

— Não quero casar-me com Edgar. Se o malvado do Hindley não tivesse rebaixado tanto Heathcliff, eu nem pensaria nisso. Mas se eu agora me casasse com ele, eu é que me rebaixaria. Assim, ele nunca saberá o quanto eu o amo. Não por ser belo, mas porque é igual a mim. Nossas almas são uma só. Linton difere de mim como o luar de um lampejo.

Antes que ela acabasse de falar, ouvi um rumor e percebi que Heathcliff se esgueirava para fora da cozinha, no momento em que ela afirmava que seria rebaixada se se casasse com ele. Assim, não ouvira sua declaração de amor. Calei-me e deixei-a continuar. Afirmou que se casaria com Linton porque, com o dinheiro do marido, poderia ajudar seu amigo de infância a se libertar de Hindley. Ponderei que assim seriam definitivamente separados.

— Nós, separados? — gritou ela. — Nada no mundo nos poderá separar, porque em Heathcliff está o meu próprio amor à vida. Se tudo perecesse e ele continuasse, eu também continuaria; mas, se ele fosse aniquilado, o universo todo não teria sentido. O meu amor por Linton é como a folhagem das árvores: o tempo a transforma; enquanto o meu amor por Heathcliff lembra os penhascos eternos e imóveis: uma fonte de delícias pouco aparente, mas essencial. Nelly, eu *sou* Heathcliff!

Disse-lhe então que ele estivera na cozinha e que ouvira boa parte do que falamos a princípio. O seu desespero tomou, então, a forma de desvario. Obrigou Joseph a procurá-lo, depois ela própria correu para fora, chamando-o aos brados. A cancela estava aberta, o que indicava que Heathcliff tinha ido para longe.

A noite, muito escura, prometia tempestade. Mesmo assim, Cathy ficou ao relento, na chuva, chorando amargamente. Pela manhã, quando desci à cozinha, encontrei-a tiritando junto do fogão.

— Morro de frio! — queixou-se.

Estava muito doente e pouco depois começou a delirar. Durante muitos dias permaneceu acamada e nos revezamos para cuidar dela. Quando sarou, estava mais insolente, mais arrebatada e mais altiva do que nunca.

Não voltamos a ouvir falar de Heathcliff desde a noite da tempestade.

Edgar e Catherine casaram-se pouco depois. Fui obrigada a deixar o Morro dos Ventos Uivantes e vir com ela para cá. Minha separação de Hareton foi muito triste; despedi-me dele com um beijo. Desde então tornou-se um estranho para mim. É curioso pensar que ele deve ter se esquecido por completo de Nelly Dean, depois de termos sido inseparáveis."

Neste ponto, minha governanta olhou o relógio sobre a lareira. Já era muito tarde, e ela não quis ficar nem mais um segundo. Agora também vou tentar ir para a cama, apesar de sentir um entorpecimento doloroso na cabeça.

Capítulo 10

Estive doente durante quatro semanas, e o Sr. Heathcliff fez-me a honra de enviar-me faisões e de vir me visitar. Naturalmente, no seu íntimo admitia um pouco de culpa pelo meu estado.

Assim que me senti um pouco melhor, pedi à minha governanta que continuasse a história.

"Vim com Cathy para a Granja dos Tordos — continuou ela, tirando o tricô do bolso — e tive a agradável surpresa de ver que ela se comportava muito bem: era gentil com o marido e com a cunhada. Entretanto, ao cair de uma noite calma de setembro, quando eu regressava do pomar com um pesado cesto de maçãs e olhava a lua, distraída, ouvi uma voz conhecida chamar-me.

— É você, Nelly?

Esforcei-me para reconhecer aquele homem alto e moreno.

— Não me conhece mais? Há mais de uma hora espero aqui.

Fiquei estupefata — era Heathcliff. Ordenou-me, impaciente, que eu fosse chamar Catherine. Quando ambos se encontraram, minha patroa teve tal transportamento de felicidade que aborreceu o Sr. Linton. Pediu a ele que recepcionasse o amigo cordialmente.

— Não vejo motivo para você acolher um criado fugido como se fosse um irmão — disse ele com azedume, mas Cathy gelou-o com o olhar e recebeu o antigo companheiro na sala, com demonstrações de inexcedível afeto e afirmações de que jamais o esquecera, no que era secundada por Heathcliff.

Altas horas da noite, procurou-me para conversar. Estava muito agitada para dormir. Confessou-me o grande prazer que sentira com a volta do amigo e o quanto a desagradava a atitude infantil e enciumada do marido.

Para surpresa geral, Heathcliff alojou-se no Morro dos Ventos Uivantes a convite do próprio Hindley, a quem, no mesmo dia da chegada, emprestara dinheiro para o jogo. Ninguém sabia o que fizera durante o tempo em que esteve desaparecido e de que modo se tornara abastado.

Depois daquela primeira visita, tornou-se presença habitual na Granja dos Tordos. Edgar tolerava a situação para não desgostar a esposa, mas quando percebeu o interesse de Isabella por Heathcliff, ficou preocupadíssimo. Àquela altura ela era uma jovem de 18 anos, frágil e infantil. Ele não podia confiar a irmã a um homem sem nome e sem berço, que poderia se apossar de seus bens.

Isabella tornou-se nervosa e infeliz. Uma tarde, discutiu com Catherine: confessou que amava Heathcliff e acusou a cunhada de tentar afastá-la, por ciúmes, de um convívio mais próximo com ele. A Sra. Linton caiu das nuvens.

— Você está louca? Conhece esse homem? Gosto dele, mas sei que é violento, desapiedado, feroz. Ele jamais amaria uma Linton e esmagaria você assim como a um ovo de pardal!

Isabella não se convenceu, e tentei fornecer-lhe novos dados: era voz corrente que os dois homens viviam jogando e bebendo no Morro dos Ventos Uivantes, e que a fortuna de Hindley fluía toda para as mãos de Heathcliff. O próprio Joseph, que não era nenhum mentiroso, valia como testemunha. Talvez por vingança, num dia em que Heathcliff as visitava, Cathy narrou ao amigo a paixão oculta da cunhada.

— A pobre da Isabella morre de amores por seus dotes físicos e morais — afirmou Catherine, enquanto a outra empalidecia de humilhação.

Heathcliff não demonstrou a menor emoção e não fez qualquer comentário. Quando finalmente Isabella fugiu da sala, ele confessou a Cathy que jamais poderia gostar daquela 'insípida boneca de cera'. Porém, depois de um curto silêncio, perguntou:

— Ela é herdeira do irmão, não é?

— Alto lá! — exclamou Cathy. — Não se esqueça de que esses bens agora também são meus!

— Ainda que passassem a minhas mãos, seriam seus da mesma maneira — assegurou ele.

Não tornaram a falar no assunto, mas não gostei do sorriso de Heathcliff, sem motivo aparente, quando Catherine o deixou sozinho na sala. Parecia entregar-se a uma meditação de mau agouro.

De minha parte, eu torcia por meu patrão, que era honesto, leal e bondoso, ao passo que ela... Não é que fosse o oposto, mas se permitia excessiva liberdade e eu não confiava em seus princípios. Desejei ardentemente que algo afastasse Heathcliff do Morro dos Ventos Uivantes e da Granja dos Tordos. Sua presença enchia-me de angústia. Parecia que Deus abandonara a ovelha desgarrada, e que uma fera rastejava entre ela e o rebanho, à espera do momento propício para saltar e destruí-la."

Capítulo 11

"Várias vezes tentei ir ao Morro dos Ventos Uivantes prevenir Hindley dos comentários que ferviam a seu respeito, mas lembrava-me de seus inegáveis maus hábitos e desistia. Uma tarde, no entanto, sem saber por que, vi-me imersa em recordações de infância. Tive a sensação de rever Hindley, vinte anos atrás, em nosso lugar favorito, escondendo conchas, caracóis e seixos sob um pilar de pedra. Impressionada, parti para o Morro dos Ventos Uivantes.

Quase desmaiei ao julgar ver Hindley, ainda pequenino, junto à cancela. Mas não: era Hareton. Não deu mostras de me reconhecer após aqueles dez meses. Tentei acarinhá-lo, mas ele fugiu e atirou-me uma pedra enorme. Ofereci-lhe laranjas e ele brindou-me com palavrões.

— Quem lhe ensinou esses palavrões, menino? Foi o cura?

— Que vá para o inferno o cura e você também! — retrucou Hareton.

Aos poucos, contudo, ganhei-lhe a confiança e consegui que conversasse comigo. Contou-me então que odiava o pai e que Heathcliff ensinava-lhe a não obedecer a ninguém. Não ia também às lições do religioso. Saí de lá angustiada.

Quando Heathcliff retornou à Granja dos Tordos, encontrou Isabella no pátio, dando de comer aos pombos, e dirigiu-lhe a palavra. De onde eu estava não podia ouvi-los, mas ela parecia perturbada e o patife teve a ousadia de beijá-la.

Comuniquei o ocorrido a Catherine que, na sala, interpelou Heathcliff violentamente.

— O que é que você tem com isso? — resmungou ele. — Posso beijá-la quantas vezes quiser. Não sou seu marido. Não há razão, pois, para ciúmes.

Em seguida, começou a acusá-la de proceder com ele de maneira diabólica; disse ainda que se vingaria de todos os que o haviam perseguido.

— Você vai se vingar de quê, seu estúpido ingrato? — retrucou Cathy.

Estavam em acalorada discussão quando o patrão chamou-me, perguntando pela mulher. Relatei-lhe a cena do pátio e a discussão subsequente.

— Já é tempo de pôr fim a essas visitas — aconselhei.

— É intolerável! — exclamou ele. Ordenou-me que chamasse dois criados para esperá-lo no corredor e entrou na sala disposto a acabar com a gritaria. Heathcliff avistou-o e fez um sinal a Cathy para que se calasse, no que foi prontamente obedecido.

— O que é isso? — indagou à mulher. — Você não tem noção de conveniência para usar essa linguagem grosseira?

Virou-se para Heathcliff e proibiu-o terminantemente de retornar à casa.

— Cathy, o seu cordeirinho decidiu investir como um touro! — comentou o outro. — Arrisca-se a partir a cabeça contra os meus punhos.

O Sr. Linton tentou chamar os criados, mas Catherine percebeu sua intenção e tirou a chave da porta, atirando-a às chamas da lareira.

— Belos métodos! Se você não tem coragem de enfrentá-lo, peça-lhe desculpas e reconheça-se vencido.

Como Edgar tremesse dos pés à cabeça, de angústia e humilhação, ela continuou:

— Você não chega nem a ser um cordeirinho: é uma lebrezinha que ainda não desmamou.

— Vai chorar ou desmaiar de medo? — provocou Heathcliff.

Mas o patrão, juntando todas as forças, deu-lhe um murro que teria derrubado um homem menos forte, e depois saiu da sala.

Heathcliff quis persegui-lo, mas foi desencorajado por Catherine. Pouco depois, também partiu. Minha patroa pediu-me que a acompanhasse aos seus aposentos, pois estava agitadíssima com a cena. Ela não sabia que eu havia contribuído para a discórdia, e meu desejo era mantê-la na ignorância disso. Confessou-se louca com o rumo dos acontecimentos e que sua única intenção fora proteger Isabella. Pediu-me ainda que dissesse ao marido que ela estava a ponto de adoecer gravemente. Mas nesse momento o Sr. Linton entrou.

— Não vim aqui para discutir nem para fazer as pazes — esclareceu ele. — Só quero saber se depois do sucedido você ainda vai ter relações com...

— Pelo amor de Deus! — gritou Catherine. — Será que em suas veias corre água gelada? Deixe-me só!

Mal podia falar. O Sr. Linton ficou realmente assustado com seu estado. Para acalmá-lo, eu lhe disse que não se preocupasse, que ela planejara simular um ataque de nervos em sua presença. Catherine sem dúvida ouviu-me, pois deu um pulo, com os olhos flamejantes e os músculos do pescoço muito salientes, e saiu em disparada. O patrão mandou-me segui-la, mas ela bateu a porta em minha cara.

No dia seguinte não desceu sequer uma vez para as refeições. O Sr. Linton, por sua vez, passava o tempo na biblioteca. Teve com a irmã uma longa conversa e avisou-a de que se dissolveriam todos os laços de parentesco entre ambos, se ela cometesse a loucura de aceitar tão desprezível pretendente."

Capítulo 12

"Os dias que se seguiram foram sombrios: Isabella a vaguear pelo parque, o Sr. Linton fechado na biblioteca e *ela* a jejuar, possivelmente com a ideia de que todos sofriam com sua ausência. Só eu continuava a desempenhar as minhas obrigações, convencida de que naquela casa existia apenas um espírito equilibrado: o meu.

Finalmente, no terceiro dia, Catherine pediu uma xícara de caldo. Fiquei surpresa com sua transfiguração. Parecia, de fato, gravemente enferma.

— Quero morrer! — dizia. — Ninguém se importa comigo. E Edgar?

— Está sempre metido nos estudos, com os livros.

— Com os livros! — repetiu assombrada. — E se eu morrer? Nelly, por favor, antes que seja tarde demais, diga-lhe que corro perigo.

Não se conformava com a ideia da indiferença do Sr. Linton que eu havia lhe transmitido. Teve uma cena histérica e rasgou com os dentes o travesseiro de penas. Repentinamente acalmou-se e, apoiada num cotovelo, estudava as penas, que ia dispondo em fila sobre o lençol.

— Esta é de peru — murmurava — e esta de pato-bravo, e esta de pomba. E aqui está uma de galo silvestre... E esta... eu a reconheceria entre mil... é de pavoncino. Que ave tão bonita! Pairava sobre nós, na charneca. Será que o Heathcliff matou os meus pavoncinos, Nelly? Algumas penas estão vermelhas. Deixe-me ver...

De repente, para minha surpresa, começou a falar em

velas acesas que faziam o armário preto brilhar como azeviche.

— Que armário preto? Aqui não há nenhum — disse-lhe eu.

— Há, sim. E uma cara me espia da parede — afirmou, olhando fixamente o espelho.

Cobri-o com um xale.

— A pessoa ainda está lá atrás — prosseguiu Catherine, inquieta. — Quem será?

Eu estava muito assustada e queria chamar o Sr. Linton, mas não ousava deixá-la a sós. Repentinamente deu um grito lancinante.

— Meu Deus! Julguei que estava no Morro dos Ventos Uivantes! — E mais calma: — Há quanto tempo estou fechada neste quarto?

— Há três dias — respondi.

— O quê! Tão pouco tempo!

— Tempo bastante para quem só vive de água fria e mau humor — retruquei. Mas lembrava-me dos conselhos que o médico havia dado por ocasião de sua doença anterior, e estava sinceramente aflita com seu estado.

— Estou perdendo a razão — confessou-me. — Às vezes penso que estou no meu armário-cubículo no Morro dos Ventos Uivantes. Afastaram-me de Heathcliff, afastaram-me de tudo o que eu mais queria — exilada e banida daquilo que constituía o meu mundo.

Pediu-me que abrisse a janela; ante a minha recusa, deslizou repentinamente da cama, escancarou-a e debruçou-se no peitoril, sem se importar com o ar gélido, cortante como uma lâmina. Apontava para os lados do Morro dos Ventos Uivantes e descrevia a casa, como se a estivesse vendo naquele instante.

— Para chegar até lá, terei de passar pelo cemitério de

Gimmerton. — Em seu delírio, passou a falar com Heathcliff como se ele estivesse presente: — Lembra-se, meu amigo, do tempo em que brincávamos entre os túmulos, desafiando os fantasmas? E hoje, você ainda teria coragem? Não ficarei lá sozinha; não terei descanso se você não ficar comigo.

De repente, entrou o Sr. Linton.

— Catherine está doente? — perguntou, avançando para nós. — Ellen, feche esta janela! Como é que...?

— Senhor, não é nada... ela apenas está fraca.

— Não é nada, hem, Ellen Dean? — disse, por fim, com furiosa vivacidade.

— Ela delira, senhor. Deixe-a em sossego e ficará boa.

— Não quero mais seus conselhos, Ellen Dean, e não me venha com histórias ou será despedida do seu serviço — declarou ele.

Mandou-me chamar o médico. Ao passar pelo jardim, entrevi Fanny, a cadelinha de Isabella, suspensa por um lenço num arbusto, já quase sufocada. Soltei o animal, perplexa com tamanha crueldade e sem imaginar o autor da façanha. Prossegui em meu caminho, e retornei à granja com o médico. Ele foi otimista ao examinar Cathy e afirmou que ela se salvaria se houvesse um ambiente de tranquilidade à sua volta.

No mesmo dia sofremos outro tremendo golpe: Isabella fugira com Heathcliff.

— Vamos tomar alguma providência para trazê-la de volta? — perguntei a meu patrão.

— Partiu por sua livre vontade — respondeu o Sr. Linton. — Estava no seu direito. Não me incomode com isso. Daqui por diante, ela não é mais minha irmã.

Foi tudo o que disse sobre o assunto."

Capítulo 13

"Durante dois meses os fugitivos estiveram ausentes. Ajudada pelo marido, que tinha com ela desvelos de mãe, Catherine recuperou-se da febre que a acometera, mas uma tristeza sem nome a invadia.

— Voltarei uma única vez ao Morro dos Ventos Uivantes — dizia ela a Edgar — e, quando o fizer, ficarei para sempre. Será na próxima primavera. Quando você evocar o passado, verá então como foi feliz comigo.

Seis semanas após sua partida, Isabella escreveu ao irmão, que não lhe deu resposta. Quinze dias depois foi a minha vez de receber notícias. Era uma carta muito estranha para uma jovem em lua de mel. Vou lê-la, pois ainda a conservo. Todas as relíquias dos mortos nos são preciosas, se os amamos em vida. Escute:

Querida Ellen,

Cheguei a noite passada ao Morro dos Ventos Uivantes e só então soube da doença de Catherine. Não tenho coragem de escrever-lhe, pois meu irmão não respondeu à minha carta e não quer perdoar-me. Só me resta você. Diga a Edgar que não me esqueço da Granja dos Tordos as 24 horas do dia e que, neste mesmo instante, meu coração está cheio de ternura por ele e por Catherine. ***Não posso, no entanto, obedecer ao meu coração.*** *(Estas palavras foram sublinhadas.)*

Quero fazer-lhe uma pergunta: Heathcliff é um ser humano? Se é, deve ser louco; se não é, deve ser o demônio encarnado. Quando vier me visitar, explique-me quem é o homem com quem me casei.

Vou contar-lhe agora como fui acolhida no Morro dos Ventos Uivantes. A falta de comodidade não é nada comparada à selvageria de seus moradores. Mal chegamos, Heathcliff evaporou-se. Joseph ergueu uma vela bruxuleante ao nível de meu rosto, olhou-me com ar malévolo e deu-me as costas. Na cozinha vi um garoto de aspecto robusto e malvestido, cujos olhos eram semelhantes aos de Catherine. Concluí que era o sobrinho dela e tentei ser amável, estender-lhe a mão, mas ele ameaçou açular o cão contra mim. Desesperada, andei à cata de alguma criada que me levasse aos meus aposentos, mas foi tudo em vão. Estava entregue a mim mesma e à minha exaustão. Bati a esmo em uma porta e apareceu um homem magro, alto, sem gravata e de aspecto bastante desalinhado. Os cabelos hirsutos pendiam-lhe até os ombros; e os olhos também eram como espectros dos de Catherine... com toda a sua beleza aniquilada.

— Que deseja? — perguntou com rudeza. — Quem é a senhora?

— O meu nome ***era*** *Isabella Linton — respondi. — Casei-me há pouco com Heathcliff e ele me trouxe para cá... suponho que com sua autorização.*

Era Earnshaw, que imediatamente começou

a esbravejar contra meu marido, dizendo o que pretendia fazer se aquele diabo o ludibriasse. Apesar de aturdida, como eu estava cansadíssima, pedi-lhe que chamasse uma criada para me ajudar.

— Não há criada alguma — respondeu. — Vá para o quarto de Heathcliff, mas tenha o cuidado de se fechar a chave e de correr as trancas.

Quando lhe perguntei a razão de tanto cuidado, mostrou-me uma pistola de aspecto incomum, pois no cano havia uma navalha de dois gumes.

— É uma tentação para um homem desesperado, não é? Todas as noites eu vou verificar se a porta dele está aberta. Se um dia estiver...

— Mas o que lhe fez Heathcliff? — indaguei, atônita.

— O que me pertence há de voltar para mim — respondeu. — E será meu também o dinheiro **dele**. *E também a sua vida. E o inferno tomará conta de sua alma.*

Fugi apavorada. Na cozinha, não pude comer a papa preparada para a ceia em companhia de Joseph e Hareton, que bebia diretamente do jarro de leite fresco, babando dentro dele. Quando lhe disse que devia usar uma caneca individual, Joseph interferiu, afirmando que ele era tão bom como qualquer outro, e que tinha mais saúde do que eu.

Quando eles foram dormir, fiquei sozinha junto ao lume e adormeci. Mas Heathcliff logo acordou-me e perguntou-me, com a usual 'de-

licadeza', o que é que eu fazia ali. Disse-lhe que não tinha onde mais me acomodar, uma vez que ele tinha no bolso a chave de nosso quarto. O possessivo **nosso** *enfureceu-o. Jurou que seu quarto jamais seria meu e que... Não repetirei sua linguagem, nem seu comportamento habitual. Ele é hábil em fazer com que eu o odeie. Às vezes, contudo, fico tão assombrada que me esqueço de temer ou odiar. Um tigre ou uma serpente venenosa não me despertariam maior terror. Falou-me da doença de Catherine, acusou meu irmão de ser seu causador e prometeu que se vingaria em mim enquanto não se apoderasse dele.*

Eu o odeio... Sou uma infeliz... Fui uma louca! Não conte nada disso a ninguém da granja. Ficarei à sua espera todos os dias. Não me desiluda!

Isabella

Capítulo 14

"Assim que recebi a carta, corri ao meu patrão, pedindo-lhe permissão para ir ao Morro dos Ventos Uivantes. Disse-lhe também do desejo que Isabella tinha de vê-lo e que ele lhe mandasse uma palavra de perdão.

— Perdão? — replicou ele. — Não tenho nada do que lhe perdoar, mas estamos separados para sempre.

Tanta frieza desalentou-me e dirigi-me pesarosa ao Morro dos Ventos Uivantes. Isabella esperava-me espreitando através da janela de grades, mas quando acenei ela recuou, como se temesse ser observada. Entrei sem bater.

Não imagina o que senti quando observei o triste aspecto daquela sala outrora tão alegre! Se eu estivesse no lugar de Isabella, teria pelo menos varrido o chão. O aspecto da jovem também decaíra. Seu lindo rosto estava descorado, o cabelo por arranjar. Provavelmente não havia mudado de roupa desde que chegara.

Heathcliff estava sentado à mesa, folheando alguns papéis. Ele era a única coisa de aspecto apresentável no lugar. Isabella correu para mim e estendeu a mão para a carta que esperava. Contei-lhe em voz baixa as palavras do irmão. Heathcliff interveio.

— Se você tem alguma coisa para Isabella, pode entregar-lhe. Entre nós não há segredos.

Disse-lhe que não tinha nada, que o patrão desejava-lhes felicidades, mas que esperava jamais revê-los. Ainda mais, havia a saúde de Catherine. Ela mudara inteiramente com a doença, inclusive no aspecto físico, e o marido era obrigado, pelo sentimento de dever e por humanidade, a cuidar dela.

— *Dever, humanidade* — escarneceu Heathcliff. — É só isso o que ele sente por ela? Não admira que Cathy sofra tanto. Quero que prometa arranjar-me uma entrevista com ela, Nelly.

Começou a falar estranhamente, como num desvario, embora estivesse muito calmo: se soubesse que Cathy não se importaria em ficar viúva, tudo estaria arranjado. Pouparia Edgar se ela lhe tivesse algum interesse, mas arrancaria o coração dele e lhe beberia todo o sangue, no caso contrário.

Ponderei-lhe que a senhora o tinha esquecido, e ele sorriu.

— Acha que me esqueceu? Você sabe que não é assim. Sabe que a um pensamento que consagra a Linton, a mim dedica-me oitenta. Sei que a minha existência seria o próprio inferno se eu perdesse Catherine. Ela possui um coração tão profundo quanto o meu.

Isabella interferiu, reafirmando que seu irmão e a mulher eram tão ligados um ao outro quanto possível. Heathcliff replicou com tom escarninho:

— Ele também ama muito a você, não é? Pôs você de lado com surpreendente desenvoltura.

— Ele não sabe o quanto eu sofro — respondeu a infeliz.

— Vejo que sofre mesmo — disse eu —, pois está com um aspecto muito pior do que quando estava em casa.

— Nunca a enganei — assegurou Heathcliff. — Veio atrás de mim porque estava iludida, e nunca por amor. Imaginou-me um herói de romance e agiu de acordo com suas falsas noções. A primeira coisa que fiz quando saí da Granja dos Tordos foi estrangular sua cachorrinha, e nem assim ela se convenceu. É uma idiota. Foi-lhe preciso um esforço imenso de perspicácia para descobrir que eu não a amava. Seus suspiros, seu vergonhoso servilismo a obrigam a rastejar. Ela desonra o nome dos Lintons, e a mim é impossível amar alguém que se rebaixa desse modo. Digo--lhe mais: se quiser ir embora, pode ir. O aborrecimento que sua presença me causa ultrapassa o prazer que eu possa achar em atormentá-la.

— Não acredite numa só palavra do que ele diz — gritou Isabella, desesperada. Percebia-se o ódio que ela agora sentia pelo marido. — Já me tinha declarado que podia deixá-lo e não me atrevo a repetir a experiência.

Heathcliff arrastou-a por um braço para fora da sala sem a menor compaixão, resmungando que quanto mais os vermes se contorciam, mais desejava esmagá-los. Depois disso, voltou a insistir comigo para que arranjasse uma entrevista com Catherine.

— Recuso-me a desempenhar o papel de traidora. Além disso, sua saúde não suportará a surpresa — objetei.

— Não será surpresa — insistiu ele. — Você deve prepará-la. De qualquer maneira tentarei vê-la. Sei que ela passa um inferno no meio de vocês, com aquele indivíduo insípido e mesquinho a tratar dela por *dever* e *humanidade*. Como ela poderia melhorar? E então? Terei de abrir caminho a força até Catherine, ou vai me ajudar?

Digo-lhe, Sr. Lockwood, que discuti, queixei-me cinquenta vezes, recusei redondamente, e acabei por dizer sim. Prometi entregar uma carta dele a Catherine e, se ela consentisse, preveni-lo da próxima ausência de Edgar. Eu não estaria lá, nem os outros criados. Pergunto eu ao senhor: isso era direito, ou não? Voltei amarguradíssima para casa. Mas, olhe, Sr. Lockwood, aí vem o médico."

Ela desceu para recebê-lo e fiquei pensando que deveria precaver-me dos olhos brilhantes de Catherine Heathcliff, pois ela poderia ser uma segunda edição da mãe.

Capítulo 15

Com a chegada da primavera, minha saúde pouco a pouco melhorou. Sei agora toda a história do meu vizinho e vou resumi-la, respeitando as palavras e o estilo da excelente narradora que é minha governanta.

"Depois de minha visita ao Morro dos Ventos Uivantes, Heathcliff passou a rondar a Granja dos Tordos, à espera da ocasião de falar com Catherine. Num domingo em que todos foram ao ofício religioso aproximei-me da convalescente — era o momento propício para executar minha missão. Estava sentada diante da janela, tendo apoiado um livro no peitoril. Não lia; parecia ouvir o murmúrio do ribeiro correndo ao fundo do vale e era provável que pensasse no Morro dos Ventos Uivantes.

Catherine possuía agora uma beleza mais etérea, e o fulgor dos olhos fora substituído por uma brandura melancólica e sonhadora. Sua aparência denunciava seu estado, e transmitia algo de comovedor.

Acerquei-me dela e entreguei-lhe a carta, mas ela permaneceu imóvel.

— Quer que a leia? — perguntei. — É do Sr. Heathcliff.

Ela estremeceu, relanceou os olhos pela página, mas não parecia ter compreendido seu conteúdo e me encarava com ar interrogativo.

— Ele quer vê-la — expliquei. — Está neste momento no jardim.

Enquanto falava, ouvi passos no vestíbulo e nas escadas. Catherine olhou aflita para a porta do quarto. Heathcliff já aparecia no limiar e em duas passadas estava junto dela e a tomava nos braços. Por cinco minutos não falou nem a largou e deu-lhe mais beijos do que lhe dera durante toda a vida. Mas foi Catherine que o beijou primeiro e vi claramente que ele mal tinha coragem de encará-la. Percebera que ela estava condenada a morrer.

— Oh, Cathy, oh, minha vida, como poderei suportar isto? — exclamou num tom que denunciava o seu desespero. Então fitou-a com tal ardor que pensei que a própria intensidade desse olhar lhe encheria os olhos de água; mas a angústia queimava-lhe as lágrimas.

Segundo seu humor variável, Catherine fazia-lhe agora reprimendas.

— Você destroçou o meu coração, Heathcliff, você me matou e isto lhe fez bem, acho. Como você está robusto! Quantos anos pretende viver depois que eu me for embora?

Heathcliff, que estava ajoelhado a seu lado, quis levantar-se, mas ela o agarrou pelos cabelos e o manteve na mesma posição.

— Gostaria de retê-lo — continuou ela amargamente — até que morrêssemos ambos. Se você sofresse, eu não me importaria. E por que não haveria de sofrer? Eu sofro tanto! Vai me esquecer? Será feliz quando eu estiver debaixo da terra? Vai concluir que me amou muito, mas amará a muitas depois, não é verdade?

— Não me enlouqueça — exclamou ele, conseguindo libertar a cabeça e rilhando os dentes.

O rosto pálido de Catherine refletia um rancor furioso e nos dedos crispados conservava ainda mechas dos cabelos que havia agarrado. Subitamente, sufocando o bater violento e irregular do coração, ela chamou-o com ternura.

— Não quero que você sofra mais do que eu, Heathcliff. Desejo apenas que não nos separemos jamais. Quando você estiver desolado, pense que debaixo da terra sentirei a mesma tristeza; então me perdoará. Venha cá de novo.

Heathcliff tinha o rosto lívido de emoção, mas quando ela o encarou, deu-lhe as costas.

— Querido Heathcliff, não fique zangado. Venha cá.

Na sua ansiedade, levantou-se, apoiando-se no braço da cadeira. A este apelo fervoroso, ele voltou-se, os olhos muito abertos, o peito arfante. E aqueles dois seres, que estavam afastados um do outro, juntaram-se. Catherine lançou-se num salto e ele amparou-a, fechando-a num abraço do qual julguei que ela não sairia viva.

Eu tinha a impressão de que não estava entre criaturas de minha espécie, pelas carícias frenéticas que se faziam, pelo tom desvairado que usavam.

— Por que você me desprezou, Cathy? Por que traiu seu próprio coração? Você me amava. Que direito tinha, então, de me deixar? Não fui eu que despedacei seu coração. Foi você mesma e, ao fazê-lo, despedaçou também o meu.

— Deixe-me morrer em paz — suplicou Catherine entre soluços. — Se sou culpada, morrerei por isso. Mas você também me abandonou, e eu o perdoo. Perdoe-me também!

— Perdoo o que você me fez, amo o *meu* assassino... mas o *seu*! Como posso perdoá-lo?

Entretanto, eu estava bastante inquieta, porque o tempo passara e as pessoas voltavam do ofício religioso. Ponderei a Heathcliff que ele tinha de sair, pois o patrão estaria de volta em poucos minutos. Como resposta, ele apertou Catherine mais estreitamente. Ela nem se moveu.

— Por favor, fuja! — gritei-lhe, quando ouvi os passos na escada.

Ele quis obedecer-me, mas ela agarrou-o firmemente.

— Não, não se vá. É a última vez e Edgar não fará nada.

Desmaiou quando Edgar entrou, lívido de espanto e raiva. Mas a aflição que dominou a todos era grande demais para permitir que os rancores aflorassem. Com esforço, conseguimos fazê-la voltar a si, mas já não reconheceu nenhum dos presentes."

Capítulo 16

"Naquela mesma noite, nasceu a Catherine que o senhor viu no Morro dos Ventos Uivantes. Era um serzinho fraco, de sete meses. Duas horas depois, a mãe morria. A dor de Edgar foi profunda, mas parece-me que seu maior desgosto foi não ter tido um filho varão — segundo o desejo do velho Linton, Isabella seria a herdeira dos bens da família no caso de Edgar ter apenas filhas.

O sol radioso da manhã seguinte envolveu o leito de Catherine num lençol de ouro esmaecido. Como estava bela! Seu rosto parecia em perfeita paz, a testa lisa, pálpebras cerradas; nos lábios, a sombra de um sorriso. Partilhei da infinita tranquilidade em que ela jazia. Logo após o nascer do sol, deixei o quarto e vim para fora respirar ar puro e falar com Heathcliff. Ele passara a noite entre os abetos e deveria ter percebido o movimento desusado da casa. Eu desejava e ao mesmo tempo temia encontrá-lo, para lhe dar a terrível notícia. Lá estava ele, apoiado a um velho freixo, sem chapéu, com o cabelo ensopado de orvalho. Devia estar naquela posição há muito tempo, pois um casal de melros andava pra lá e pra cá a seus pés, como se ele fosse um tronco. Quando me aproximei, os pássaros assustaram-se e voaram.

— Morreu, não é verdade? Não esperei a sua vinda para saber. Mas jogue fora esse lenço e não choramingue diante de mim. Que vão todos para o inferno! Ela não precisa dessas lágrimas.

Mas eu chorava por ele e pela morta.

— Morreu, sim — repliquei, sufocando os soluços. — Espero que tenha ido para o Céu, onde poderemos um dia encontrá-la, se nos dispusermos a abandonar o caminho do mal e enveredar pelo do bem.

— E ela teve sempre essa disposição? — redarguiu Heathcliff, tentando zombar. — Morreu como uma santa? Vamos, conte-me direitinho. Como foi que...

Tentou pronunciar o nome dela, mas não conseguiu e, cerrando os lábios, travou um silencioso combate com a dor que o pungia, desafiando ao mesmo tempo a minha compaixão com um olhar feroz e resoluto.

— Catherine teve um fim sereno — disse eu.

— E... pronunciou o meu nome? — perguntou, hesitante.

— Desde que o senhor partiu, ela perdeu a consciência. Sua vida terminou num sono tranquilo. Possa ela despertar assim tão suavemente no outro mundo.

— Possa ela despertar atormentada! — gritou Heathcliff com assustadora veemência. — O quê! Mentiu até o fim? Onde está ela? Não *ali*... nem no Céu... Onde está então? Catherine Earnshaw, que você não tenha repouso enquanto eu for vivo. Você afirmou que eu a matei. Persiga-me então. Os assassinados *devem* perseguir os assassinos. Acompanhe-me sempre, tome qualquer forma, enlouqueça-me, mas não me deixe nesse caos onde não posso encontrá-la. Oh, Deus, como é inexprimível! Poderei viver sem aquela que era a minha vida e a minha alma?

Bateu com a cabeça no tronco nodoso e gritou, não como um ser humano, mas como um animal feroz que é aguilhoado até a morte com facas e lanças. Não estava ao meu alcance consolá-lo ou acalmá-lo.

O enterro da Sra. Linton ficou marcado para a sexta-feira. Até lá o caixão permaneceu aberto, juncado de flores e folhas aromáticas, na sala grande da casa. O Sr. Linton ficou dia e noite a seu lado.

Heathcliff, do mesmo modo insone, velava do jardim. Numa tarde, ao crepúsculo, quando meu patrão se retirou para descansar, abri uma das janelas, comovida pela perseverança de Heathcliff. Ele entendeu o sinal e entrou silenciosamente na sala. Nem eu própria saberia que ele estivera ali, não fosse o lençol afastado do rosto da morta e um anel de cabelo louro, amarrado com fio de prata, caído no chão. Estava dentro de um medalhão que Catherine usava no pescoço. Heathcliff abrira-o, retirara o seu conteúdo e substituíra-o por um cacho de seus cabelos pretos. Entrelacei as duas mechas e fechei-as no medalhão.

O Sr. Earnshaw foi, naturalmente, convidado a acompanhar à sepultura o corpo da irmã, mas não compareceu. Isabella não recebeu convite.

Para surpresa dos aldeões, Catherine não foi sepultada no jazigo monumental dos Lintons, nem no terreno em volta da igreja. Enterraram-na numa encosta verde a um canto do cemitério, onde o muro é tão baixo que as urzes e os arandos do brejo invadiram e cobriram a cova, juntamente com camadas de turfa. O marido jaz agora no mesmo lugar. Cada um deles tem apenas, para indicar o lugar de seus túmulos, uma pedra erguida à cabeceira e um liso bloco cinzento aos pés."

Capítulo 17

"Aquela sexta-feira foi o último dos belos dias desse mês. Logo o tempo mudou, vieram as chuvas e, em seguida, a neve. O dia seguinte ao do enterro foi uma desolação: o patrão enclausurado no quarto; o bebê a chorar. Eu a embalava quando a porta se abriu e alguém entrou, ofegante e rindo. Quando me voltei, horrorizada com tamanho desrespeito, verifiquei que estava diante de Isabella.

— Sei que Edgar está deitado e não posso me demorar. Vim correndo desde o Morro dos Ventos Uivantes. Por favor, mande aprontar uma carruagem para levar-me a Gimmerton e uma mala com roupas.

Reparei então que seu vestido estava ensopado e que havia um corte profundo sob uma de suas orelhas, o qual só não sangrava devido ao frio. Estava pálida, com arranhões e contusões por todo o corpo.

— Minha querida — disse-lhe —, você não pode ir a parte alguma agora. Tem de mudar de roupa, cuidar desse ferimento e descansar.

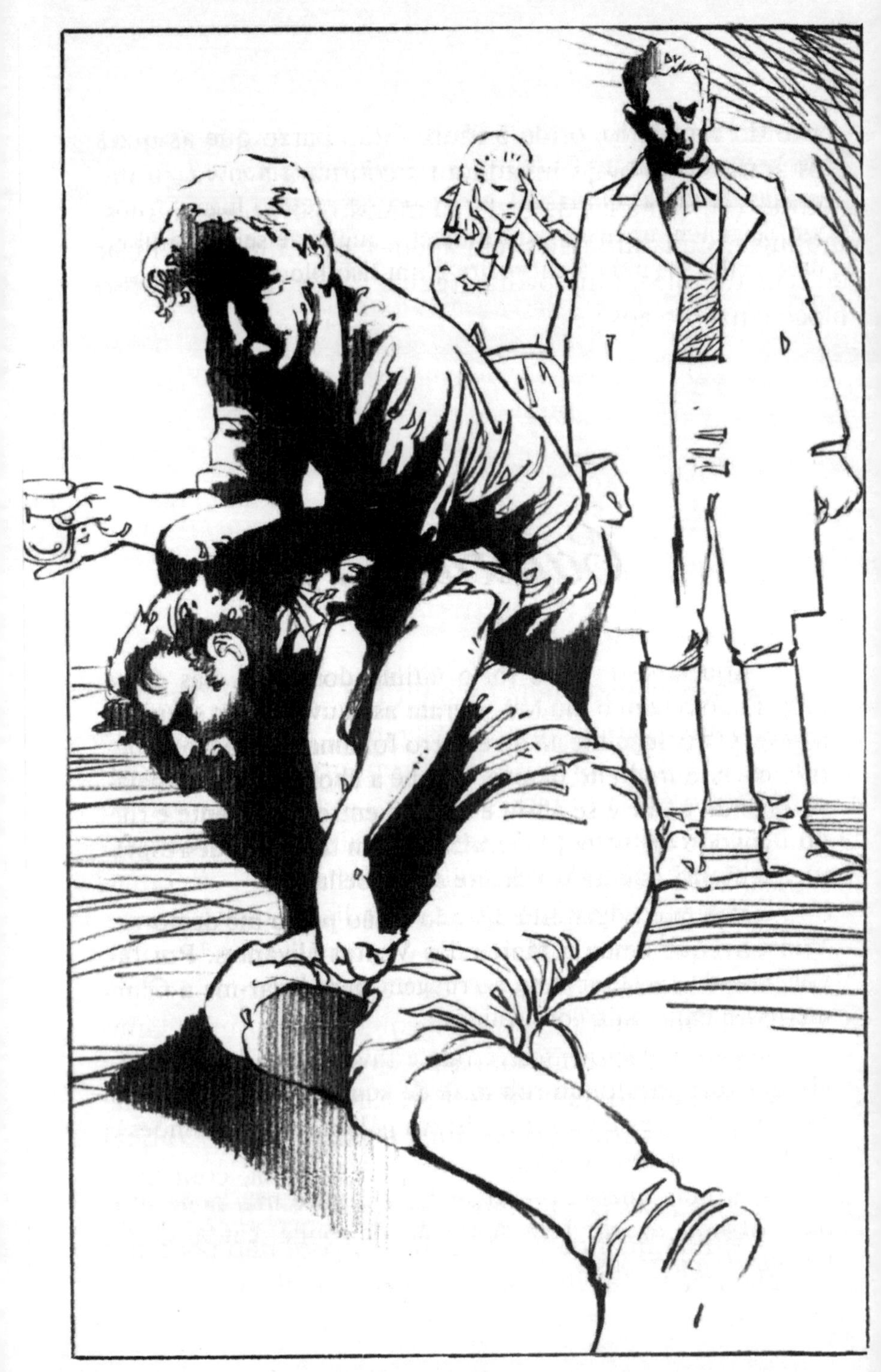

— Trocarei de roupa, sim — concordou ela —, mas tenho de partir o mais depressa possível.

Pouco depois, junto ao fogo, contou-me uma história terrível, que tentarei reproduzir:

— O ódio que Heathcliff dedica a mim — começou Isabella — é de tal natureza, que seus músculos se contraem quando me vê. O resultado é que hoje sinto o mesmo por ele. O gosto de Catherine devia estar pervertido para que ela o estimasse tanto, conhecendo-o tão bem. Ele não é um ser humano. Dei-lhe o meu coração e ele devolveu-o a mim, destroçado. Ah, monstro! Que desapareça do mundo e que seja riscado da minha memória!

— É um ser humano — disse eu. — Tenha mais caridade; há homens piores do que ele.

— Não é um ser humano — teimou Isabella — e não tem direito à minha caridade. Ainda que gemesse até a morte e vertesse lágrimas de sangue por Catherine, eu ficaria insensível. Durante os dias que passou fora, velando pela morta, digo-lhe que senti alívio, pois podia circular mais tranquila por aquela terrível casa de cômodos vazios. A mesma tranquilidade parecia sentir Hindley Earnshaw. Ontem, depois do enterro, quando ele voltou, eu lia no meu cantinho junto ao fogo ao lado de Earnshaw, que não conseguira ir ao cemitério. Que imensa tristeza em tudo! Quando ouvimos os seus passos, Hindley teve uma súbita ideia: deixá-lo ao relento, na neve; se tentasse entrar, o mataria com sua arma. Quis fazer-me sua cúmplice:

'Ambos temos contas a ajustar com aquele homem. Juntos podemos acabar com ele. Vai resignar-se a sofrer tudo até o fim?', perguntou-me.

Disse-lhe que estava cansada de sofrer, mas que, embora não pudesse demovê-lo, tinha de avisar Heathcliff, e foi o que fiz. Mas quando ele pediu-me auxílio para entrar, também neguei — não quis interferir na sua sorte. Estava farta de todos eles e indiferente a seus destinos. As manobras dos dois duraram um certo tempo, mas finalmente Heathcliff conseguiu entrar na casa e, todo coberto de neve, avançou sobre Hindley para arrebatar a arma das suas mãos. Durante a luta que travaram, a pistola disparou, e a lâmina fechou-se sobre o punho de seu possuidor. Hindley desmaiou de dor, ocasião que Heathcliff aproveitou para chutá-lo sem piedade. Corri a chamar Joseph, com medo de um assassínio. Quando viu a sala cheia de sangue e seu patrão aparentemente morto, o velho começou um discurso confuso, misturando ameaças e orações. Heathcliff, com um empurrão, fê-lo cair no meio do sangue e atirou-lhe uma toalha.

'Trate de limpar essa sujeira!', gritou. 'Seu patrão está louco, e se continuar assim vou trancá-lo num manicômio.'

Hindley, apesar das aparências, não estava morto e foi reanimado com aguardente. Esta manhã, quando nos reunimos junto da lareira, percebi a imensa dor estampada no rosto de Heathcliff, senti profundo regozijo e não resisti à tentação de provocá-lo. Disse-lhe que Catherine ainda estaria viva, não fosse ele e seus atos impensados, e que teria agora uma aparência tão destruída quanto a do irmão, caso tivesse se casado com ele.

'Cale-se, desgraçada!', intimou-me ele, furioso. E como eu continuasse a provocá-lo, atirou-me uma faca, que se cravou debaixo de minha orelha. Então fugi como estava, e corri até aqui.

Isabella tomou alguns goles de chá, beijou os retratos do irmão e de Catherine que estavam sobre o móvel, beijou-me também a mim e partiu na carruagem que a esperava. Soube que se instalou no sul, perto de Londres, e que, pouco depois, deu à luz um menino. Heathcliff ameaçou tomar a criança, mas felizmente isso só aconteceu treze anos depois, quando Isabella faleceu. A vida aqui na Granja dos Tordos, após a morte de Catherine, correu tranquila. Sua filhinha crescia rodeada de carinho. Pouco depois, foi a vez de Hindley Earnshaw. Verificou-se então que o Morro dos Ventos Uivantes estava hipotecado e que seu credor era Heathcliff; assim, a propriedade passou para suas mãos. O Sr. Linton manifestou a intenção de educar Hareton, em memória da esposa, porém Heathcliff ameaçou ir buscar o filho de Isabella se insistíssemos em nossa intenção. Desta forma, Hareton, que deveria ser o maior proprietário dessas redondezas, ficou reduzido a um estado de completa dependência do inimigo mortal do seu pai."

Capítulo 18

"Os doze anos que se seguiram a esses acontecimentos — continuou a Sra. Dean — foram os mais felizes de minha vida. Salvo as doenças comuns à infância, Catherine cresceu como uma flor. Tinha os lindos olhos pretos dos Earnshaws, porém com a pele clara, as feições miúdas, os cabelos louros e encaracolados dos Lintons. Logo revelou temperamento vivo e ardente como o da mãe, porém abrandado por grande meiguice e sensibilidade; sua voz era suave e sua expressão, pensativa. A curiosidade e a inteligência aguçada tornaram-na uma boa aluna: aprendeu depressa e bem, fazendo honra ao mestre.

O Sr. Linton velava atentamente pela filha, que jamais saía desacompanhada. O Morro dos Ventos Uivantes e Heathcliff não existiam para ela. No entanto, como era muito presa, ansiava por passeios que a levassem além do parque e pelos penedos que se viam ao longe. A vertente abrupta do penhasco de Peniston atraía-lhe particularmente a atenção e instava ao pai que a levasse até lá. Ele, porém, sempre transferia a ocasião do passeio.

Um dia o Sr. Linton recebeu uma carta de Isabella, informando-o sobre o seu precário estado de saúde e pedindo-lhe que cuidasse do pequeno Linton, que é como se chamava seu filho. O Sr. Linton partiu imediatamente e me confiou a guarda de Catherine.

No começo, a menina esteve muito quieta, lendo no seu canto. Pouco depois, tornou-se impaciente e entediada. Para melhorar seu humor, mandava-a dar uma volta a cavalo pela propriedade e, quando ela regressava, eu ouvia com toda a paciência a narração de suas aventuras, reais ou imaginárias.

Um belo dia, contudo, Catherine não voltou à hora costumeira. Desapareceu juntamente com os cães que a acompanhavam e pus-me à sua procura, preocupadíssima. Acabei chegando ao Morro dos Ventos Uivantes. Os penhascos que Catherine desejava conhecer situavam-se a mais de uma milha além da casa do Sr. Heathcliff e comecei a temer não encontrá-la antes do anoitecer. E se tivesse caído ao subir uma escarpa? Foi, portanto, um alívio quando vislumbrei um dos cães da menina, com uma orelha a sangrar. Corri à porta e bati com toda a força. Uma mulher que eu conhecia e que servia de criada da casa veio abrir.

— Vem à procura da menina? — indagou. — Não se assuste; ela está aqui. Entre e descanse um pouco; o patrão e Joseph saíram.

Entrei e vi Catherine balançando-se junto da lareira, numa cadeirinha que fora de sua mãe. Conversava e ria com Hareton, agora um rapagão de 18 anos, que a olhava com expressão admirada.

— Ponha o chapéu e vamos já para casa! — ordenei, aborrecida.

— Mas que fiz eu de mal? — indagava ela, pondo-se fora do meu alcance.

— Não se zangue com ela — acudiu a criada. — Ela nem queria parar, queria ir direto para casa, mas Hareton ofereceu-se para acompanhá-la, porque o caminho é muito deserto.

Catherine continuava a fugir, rindo de mim, correndo por entre os móveis; a criada e Hareton riam também. Até que bradei, irritada:

— Se você soubesse de quem é esta casa, não ficava aqui nem mais um minuto!

— É de seu pai, não é? — perguntou ela a Hareton.

— Não — disse ele, corando.

— Então é de seu patrão?

Hareton corou ainda mais.

— Vá para o diabo! — exclamou.

— Vou para onde? — perguntou Catherine, atônita.

Acostumada somente a ser tratada de *querida, anjo, amor*, Catherine não perdoou a grosseria de Hareton, mesmo quando ele lhe ofereceu um cãozinho de presente, para fazer as pazes. As coisas pioraram quando a criada aconselhou-lhe maior paciência, pois tratava-se de seu primo.

— Meu primo... *ele*! — exclamou surpreendidíssima. Quando soube que era mesmo verdade, ficou inconsolável.

Sorri diante de tamanha antipatia pelo pobre Hareton, que era um moço desempenado e nada feio, com os mesmos olhos da prima. Heathcliff não lhe inflingira maus-tratos físicos, mas deixara-o crescer a esmo, como uma planta rodeada de ervas daninhas que lhe impedem o desenvolvimento. Junte-se a isso a influência de Joseph que, por ódio a Heathcliff, mimava o rapaz: nunca o achava culpado, fosse do que fosse.

Cathy recusou a oferta do cãozinho e partiu comigo para casa. Soube depois o que acontecera. A caminho dos penhascos, passara pelo Morro dos Ventos Uivantes, no momento em que Hareton saía com os cães. Estes atacaram os de Catherine. Quando conseguiram apartá-los, Hareton ofereceu-se para acompanhar a jovem aos penhascos e mostrou-lhe todos os lugares que ela queria conhecer.

Em casa, pedi a Cathy que não contasse o sucedido ao pai, pois eu poderia até ser despedida, perspectiva que ela não podia suportar. Assim, calou-se por amizade a mim. Na realidade, era uma boa menina."

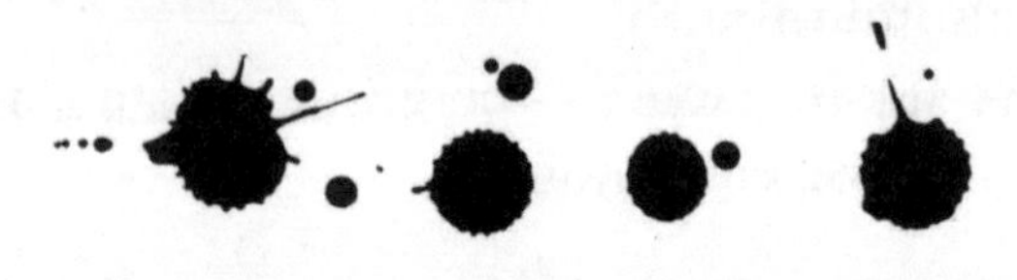

Capítulo 19

"Uma carta, tarjada de preto, anunciou o regresso do meu patrão. Isabella morrera e ele pedia-me que providenciasse vestidos de luto para a filha.

Catherine, indiferente ao triste acontecimento, deu pulos de contentamento pela próxima chegada do pai, e entregou-se às mais entusiásticas conjeturas sobre as inúmeras qualidades de seu primo *verdadeiro*, conforme frisava.

— Linton é seis meses mais novo do que eu — tagarelava ela. — Como vai ser bom ter um companheiro para brincar! A tia Isabella mandou ao papai um cacho do cabelo dele. É mais claro do que o meu.

Não podia parar quieta; queria ir esperá-los no meio do caminho, o que recusei terminantemente. Afinal, surgiu a carruagem. Cathy deu um grito e o Sr. Linton desceu quase tão impaciente quanto a filha. Durante muito tempo só se ocuparam um do outro, trocando carícias e palavras de afeto. Espiei dentro da carruagem: um rapazinho pálido e delicado, parecidíssimo com meu patrão, dormia, envolto numa peliça, como se fosse inverno.

Cathy queria vê-lo, mas o Sr. Linton declarou que isso ficava para mais tarde, pois ele estava muito chocado e exausto com a viagem.

— Quero preveni-la, meu anjo, que ele não é saudável e alegre como você. Lembre-se de que perdeu a mãe há pouco tempo. Deixe-o sossegado.

— Está bem, papai, mas só quero vê-lo um pouco. Tendo despertado, Linton desceu da carruagem, ajudado pelo tio.

— Aqui está sua prima Cathy — apresentou o Sr. Linton. — A viagem terminou e agora você só tem que descansar.

— Então quero ir para a cama — respondeu o rapaz, esquivando-se à saudação de Catherine e enxugando as lágrimas que afloravam.

— Seja um bom menino — disse eu em voz baixa. — Não vê que assim sua prima também irá chorar? Veja como ela está triste por sua causa.

Mas à hora do chá ele recomeçou a chorar, dizendo que não podia sentar-se numa cadeira.

— Neste caso, deite-se no canapé e Ellen lhe levará o chá — respondeu-lhe o tio com toda a paciência.

Linton deitou-se no canapé e Cathy postou-se num banquinho ao lado, afagando-lhe os cabelos e dando-lhe chá de seu pires, como se ele fosse um bebê.

— Ele vai se adaptar — concluiu meu patrão, observando-os. — Se pudermos conservá-lo.

Entendi perfeitamente a que ele se referia. Mas conseguiria sobreviver aquela criatura excessivamente delicada na brutalidade do Morro dos Ventos Uivantes?

À noite, quando Linton já estava deitado — tivemos de ficar com ele até que adormecesse — uma criada informou-me de que Joseph estava à porta, desejando falar com o Sr. Linton.

— Não sei se ele pode recebê-lo — disse eu, perturbada.

Entretanto, Joseph já havia entrado e exigia a presença de meu patrão.

— O Sr. Linton está se preparando para dormir. Não sei se o atenderá, a não ser que seja urgente.

— Onde fica o quarto dele? — perguntou o velho, olhando a fila de portas fechadas.

Não tive outro remédio senão subir à biblioteca e anunciar o importuno visitante ao meu patrão. Ele nem teve tempo de recusar, pois Joseph subira atrás de mim e, entrando na sala, postou-se próximo à mesa, com as duas mãos apoiadas no castão da bengala. Declarou então com voz resoluta, como se previsse oposição:

— O Sr. Heathcliff ordenou-me que viesse buscar o filho e não voltasse sem ele.

Edgar Linton guardou silêncio por alguns segundos. Não havia remédio senão resignar-se. Contudo, ponderou:

— Diga ao Sr. Heathcliff que seu filho irá amanhã. Está dormindo, pois a viagem foi muito penosa. Diga-lhe também que a mãe queria que Linton ficasse sob minha guarda e que ele é uma criança de saúde delicada.

— Não! — exclamou Joseph batendo no chão com a bengala. — O Sr. Heathcliff pouco se importa com a mãe ou com o senhor. O que ele quer é o filho e hei de levá-lo.

— Mas não esta noite — replicou Edgar Linton em tom firme. — Saia daqui imediatamente e repita ao seu patrão o que lhe disse.

E, pegando o velho pelo braço, levou-o para fora da sala, fechando a porta.

— Muito bem — bradou Joseph. — Amanhã ele virá aqui em pessoa, e veremos então se o senhor se atreve a pô-lo na rua!"

Capítulo 20

"A fim de evitar que se realizasse aquela ameaça, o Sr. Linton encarregou-me de levar o pequeno para a casa do pai ao romper do dia.

Linton mostrou-se relutante em se levantar às cinco da manhã e ficou espantado ao saber que faria outra viagem. Disse-lhe que seu pai estava ansioso para vê-lo.

— O meu pai? — indagou, perplexo. — Mamãe nunca me disse que eu tinha um pai. Prefiro ficar com meu tio.

Fez ainda várias perguntas: onde vivia ele, por que nunca fora visitá-lo, por que não vivia com a mãe. Respondi-lhe como pude, mas foi preciso o Sr. Linton levantar-se para persuadi-lo a partir. Finalmente estávamos a caminho. O pequeno Linton convencera-se, com nossas promessas enganosas, de que o Sr. Edgar e Cathy iriam visitá-lo em breve, sempre que pudessem.

O ar puro, o sol brilhante e o trote cadenciado do cavalo em breve o reanimaram um pouco. Começou a interrogar-me com vivacidade sobre o Morro dos Ventos Uivantes e seus moradores.

— É tão bonito quanto a Granja dos Tordos?

— Não é tão arborizado, nem tão grande, mas tem-se uma linda vista de lá.

Falei-lhe de Hareton, um outro primo que iria conhecer, dos passeios que poderia fazer pelo campo, e de outros atrativos que por certo a sua nova casa lhe apresentaria.

— Como é meu pai? — indagou. — É novo e bonito como meu tio?

— É, sim, mas tem cabelos e olhos pretos e é mais alto e mais forte.

— Olhos e cabelos pretos! Então não sou parecido com ele?

'Nadinha', pensei, mas respondi:

— Um pouco.

Linton ficou pensativo e não perguntou mais nada. Quando paramos diante da cancela, examinou a fachada trabalhada, as janelas de grade, as sebes e os pinheiros torcidos e sacudiu a cabeça, como que reprovando. Mas não disse nada. Eram seis e meia e os moradores haviam acabado o desjejum.

— Ora viva, Nelly! — exclamou Heathcliff quando me viu. — Trouxe o pequeno? Vamos ver o que se pode fazer com ele.

Levantou-se e caminhou para a porta. Joseph e Hareton seguiram-no. O pobre Linton olhou assustado aquelas três caras.

— Parece que o enganaram, patrão — zombou Joseph — e lhe mandaram a filha.

Depois de olhar o filho com espanto, Heathcliff deu uma gargalhada.

— Oh, Deus, que beleza! Que amável, que encantadora criatura! Será que o alimentaram com caracóis e leite azedo? Que diabo, nunca esperei grande coisa, mas isto é muito pior do que eu imaginava!

O menino mal entendia aquelas palavras, como mal entendia que aquele indivíduo mal encarado e zombeteiro, que o mandava descer e entrar, fosse seu pai. Ele obedeceu, embora agarrando-se a mim com ansiedade; e no momento em que Heathcliff pegou uma cadeira e ordenou 'sente-se aqui', o pequeno escondeu o rosto em meu ombro e chorou.

— Acabe com isso! — bradou Heathcliff. Estendeu o braço e puxou o filho para si, examinando-o detidamente.

— Você me conhece?

— Não — disse Linton com um olhar aterrorizado.

— Mas com certeza já ouviu falar de mim.

— Não — repetiu o pequeno.

— Não? Que indignidade da sua mãe! Agora, não trema nem se ruborize, embora seja bom ver que seu sangue não é branco. Seja um bom rapaz e haveremos de nos entender.

Preparei-me para partir, recomendando a Heathcliff que fosse carinhoso com o filho. Assegurou-me que o seria, e que prepararia Linton para ser o futuro dono da Granja dos Tordos, uma vez que era o herdeiro legítimo da propriedade.

— Ele é *meu* — afirmou — e quero a glória de ver o *meu* descendente senhor das terras deles: o meu filho assalariando os filhos deles para trabalharem nas terras dos próprios pais.

Disse-me ainda que contratara um ótimo professor para Linton e que dera ordens expressas a Hareton e a Joseph para que lhe obedecessem. 'Afinal', concluí, 'o egoísmo do pai talvez contribua para o conforto do filho'. Tentei partir às escondidas, mas Linton estava vigilante. Quando fechei a porta, ouvi um grito e essas palavras, repetidas em voz angustiada:

— Não me deixe! Não quero ficar aqui!

A aldrava da porta levantou-se e tornou a cair. Impediram que ele saísse. Montei no cavalo e parti a trote, e assim terminou minha breve tutela do rapazinho."

Capítulo 21

"Não foi fácil consolar Cathy quando despertou no dia seguinte e não viu o primo. Mas diante da promessa do pai de que em breve o visitaria ela conformou-se. Além disso, o tempo faz esquecer tudo: quando o viu de novo, tempos depois, ela não se lembrava mais de suas feições.

De tempos em tempos encontrava-me com a criada de Heathcliff, que me dava notícias de Linton. Dizia-me que ele era um indivíduo egoísta e preguiçoso, sempre reclamando, envolto em sua peliça fosse verão ou inverno. Era evidente que o pai não o suportava e tinha de controlar-se para não expulsá-lo de casa.

O tempo estava belíssimo no dia do décimo sexto aniversário de Cathy. Ela convidou-me para ver alguns ninhos de galinholas, e tanto nos afastamos da granja que fomos parar perto do Morro dos Ventos Uivantes. Distingui duas pessoas que vinham em nossa direção. Não eram outros senão Heathcliff e Hareton.

— Vamos voltar — ordenei a Cathy, mas ela já conversava com Heathcliff e aceitava o seu convite para entrar um pouco e descansar.

— Entre e terá uma surpresa; reencontrará alguém que você conhece.

Antes que eu pudesse impedir, Catherine já havia alcançado a porta da casa e Heathcliff me confessava suas intenções: pretendia fazer com que os dois primos se enamorassem.

— Se eles se casarem, isto será bom para Cathy, que não tem herança. Assim ela ficará favorecida, porque Linton é o herdeiro da Granja dos Tordos.

— E se Linton morrer — acrescentei eu —, Catherine será também herdeira.

— Não, não será. A propriedade reverteria para mim, pois não há cláusula no testamento que a proteja.

Entramos. Linton tinha crescido bastante durante aquele tempo. Seu olhar e sua tez mostravam um brilho novo, devido ao ar salubre e ao ardor do sol.

— Sabe quem é esse? — perguntou Heathcliff, apontando o filho.

Cathy olhou-o desconfiada. Não se lembrava do primo, mas, com a ajuda de Heathcliff, acabou por reconhecê-lo.

— Linton! Será possível?

Beijou-o com ternura e também a Heathcliff, que afinal era seu tio.

— Mas por que, sendo parentes, não nos visitamos? — quis saber ela.

Heathcliff explicou vagamente a antiga rixa e voltou-se para o filho.

— Linton, não quer sair e mostrar alguma coisa interessante à prima? Vá com ela ao jardim, rapaz.

— Será que ela não prefere ficar aqui? — perguntou ele relutante.

— É um indivíduo desprezível — segredou-me Heathcliff. — Que rapaz insípido! Ah, se fosse Hareton! Vale cem vezes o meu filho.

Por coincidência, Hareton entrava naquele momento. Tinha se lavado e trazia os cabelos molhados. Catherine quis saber se ele era, na verdade, seu primo, lembrando-se do que a criada lhe dissera por ocasião de sua primeira visita ao Morro dos Ventos Uivantes. Ante a confirmação do tio, ela ficou embaraçada.

— Não é um belo moço? — insistiu Heathcliff. E pediu ao rapaz que acompanhasse Cathy num passeio lá fora.

— Porte-se como um cavalheiro e não diga palavrões — aconselhou, sorrindo.

Quando os dois saíram, disse-me que estava contentíssimo com o que havia feito de Hareton:

— Ele não é nada tolo, mas jamais sairá desse atoleiro de rudeza e ignorância onde o mergulhei. Hindley não se orgulharia do filho, se o visse agora? E o melhor é que o rapaz me acha uma pessoa excelente. Se eu o comparo ao meu filho, verifico que Hareton é como ouro usado numa simples pavimentação, ao passo que Linton é como lata polida fazendo-se passar por um serviço de prata. O meu filho não vale nada, mas pode ir tão longe quanto qualquer indivíduo sem préstimo que é empurrado; o filho de Hindley, ao contrário, possui aptidões excelentes, que se perderão.

Neste ponto, Heathcliff soltou uma risada.

Entrementes, Linton arrependera-se de ter ficado para trás e, encorajado pelo pai, alcançou o parzinho que estava agora diante da porta principal. Catherine queria saber o significado dos dizeres da fachada da casa, mas como Hareton era analfabeto, não soube responder — sequer podia decifrá-los. Linton começou a zombar dele:

— Ele não sabe ler nem seu nome — disse a Cathy. — Já viu um ignorante igual?

Catherine secundou-o nas zombarias e Hareton afastou-se, furioso, porque não sabia como vingar-se. Comecei a sentir viva antipatia por Linton e admirei-me por Catherine não perceber o mau caráter do primo.

No dia seguinte a esse passeio, a jovem teve a coragem de interpelar o Sr. Linton sobre a rixa que separara as famílias, expressando o desejo de transformar aquela situação. O Sr. Linton esclareceu-a sobre a diabólica personalidade de Heathcliff, sua ambição e maldade, e proibiu-a terminantemente de levar avante seus projetos de reaproximação.

No entanto, não foi obedecido. Utilizando como cúmplice o rapaz que entregava o leite, Catherine e Linton escreveram-se cartas amorosas durante muito tempo, quase diariamente. Mas eu descobri o segredo, sorri daquilo que chamavam de 'amor' e prometi contar tudo a meu patrão, caso ela não atirasse toda aquela correspondência ao fogo. Catherine chorou, mas acabou por concordar. No dia seguinte, fui eu que mandei um bilhete ao rapaz: 'Roga-se ao Sr. Heathcliff não mais escrever à Srta. Linton, porque ela não responderá'.

A partir de então, o entregador de leite passou a chegar de bolsos vazios."

Capítulo 22

"No outono seguinte, em consequência dos longos passeios para assistir ao trabalho dos segadores no campo, o Sr. Linton apanhou um grave resfriado que lhe atacou os pulmões e o reteve fechado em casa durante todo o inverno.

A pobre Cathy, depois de ver desmoronar seu breve idílio, tornara-se melancólica e silenciosa. O pai insistia para que ela lesse menos e fizesse mais exercícios. Como ele não podia acompanhá-la, decidi substituí-lo, embora fosse uma fraca substituta, com tantos afazeres.

Uma tarde de outubro, como o céu estava se tornando coberto de nuvens espessas, pedi a Cathy que desistisse do passeio, mas ela insistiu em sair. Caminhamos até o extremo do parque, munidas de capa e guarda-chuva. Várias vezes Catherine levava a mão ao rosto, como se enxugasse uma lágrima. Tentei distraí-la e mostrei-lhe os carvalhos vigorosos, em cujos ramos ela gostava de se balançar no verão.

— Olhe uma flor! — exclamei, apontando na direção da base de uma árvore. — A última campânula dessa multidão de botões que em julho cobre a relva como um nevoeiro lilás. Não quer levá-la ao seu pai?

Mas Catherine respondeu-me que a achava 'melancólica', e não quis tocá-la. Abracei-a.

— Cathy, querida, por que chora?

Com a voz embargada pelos soluços, respondeu:

— O que vai ser de mim quando você e papai me deixarem sozinha?

— Se Deus quiser, ainda haveremos de durar muito. Seu pai é novo e eu sou forte. Ainda vou fazer 45 anos. Não é tolice, querida, chorar com antecedência?

Enquanto falávamos, aproximamo-nos do extremo do parque e Catherine, subitamente reanimada, subiu no muro a fim de apanhar alguns frutos vermelhos dos ramos mais altos das roseiras-bravas. Ao esticar-se para colhê-los, deixou cair o chapéu na estrada. O portão estava fechado a chave. Catherine desceu o muro para reavê-lo, mas do outro lado as pedras eram lisas, impedindo-a de voltar pelo mesmo caminho.

Como uma idiota, só me lembrei disso quando a ouvi gritar.

— Ellen, ou você vai buscar a chave ou terei de dar uma volta completa pelo parque.

Mas antes que eu me afastasse, ouvimos o trote de um cavalo.

— Quem é? — indaguei baixinho.

— Ellen, quem me dera que você abrisse a porta — respondeu ela ansiosamente, num sussurro.

— Olá, Srta. Linton! — cumprimentou uma voz. — Que prazer encontrá-la!

— Não posso falar com o senhor, pois papai proibiu-me.

— Como assim? — tornou a voz. — Então começa a escrever a meu filho e depois enjoa da brincadeira? Saiba que ele levou o caso muito a sério. Tentei tudo para libertá-lo dessa tola paixão, mas o fato é que seu estado é lastimável; está se consumindo e é provável que esteja debaixo da terra antes que chegue o verão. Não quer salvá-lo, Catherine?

— Como pode mentir a essa pobre criança? — gritei do lado de cá.

— Não sabia que havia espiões por aqui — tornou Heathcliff. — Minha querida Sra. Dean, não gosto nada de sua duplicidade. Não sou eu o mentiroso. — Voltando-se para a moça, continuou: — Catherine, estarei ausente toda a semana. Por que não vai verificar com seus próprios olhos o que relatei?

Fiz saltar a fechadura do portão com uma pedra.

— Linton está moribundo — disse Heathcliff, olhando para mim com dureza.

— Vamos para casa — ordenei a Catherine, agarrando-a pelo braço.

Heathcliff debruçou-se sobre a sela.

— Catherine, reconheço que não amo meu filho. Joseph e Hareton, ainda menos. Quem sabe um gesto bondoso de sua parte poderá salvá-lo?

Fechei o portão e arrastei Catherine comigo debaixo do guarda-chuva, pois grossos pingos começavam a cair. Havia tanta tristeza no rosto da jovem, que nem parecia a mesma! Não havia dúvida que ela acreditara em tudo.

Durante o chá, Catherine chorava silenciosamente, aproveitando-se da ausência do pai, que se recolhera. Implorou-me que fizéssemos qualquer coisa para provar a Linton a sua inocência quanto à interrupção da correspondência.

— É necessário que ele saiba que meus sentimentos ainda são os mesmos — teimava ela.

De que serviram meus protestos diante de sua tola credulidade? Separamo-nos aborrecidas uma com a outra. No dia seguinte, porém, achei-me a caminho do Morro dos Ventos Uivantes com Catherine. Não pude aguentar ver o seu desgosto, a sua palidez, a sua tristeza. Mas tinha uma vaga esperança de que o próprio Linton nos demonstrasse, pelo seu acolhimento, que toda aquela história era infundada."

Capítulo 23

"A manhã apresentava um pouco de geada, um pouco de chuvisco; eu tinha os pés encharcados e estava de mau humor. Entramos no Morro dos Ventos Uivantes pela cozinha e topamos com Joseph, que não respondeu ao nosso cumprimento e mandou-nos voltar por onde tínhamos vindo. Foi interrompido logo em seguida pela voz irritada de Linton, que gritava por ele, exigindo carvão para o fogo. Entramos na sala, mas sua recepção não foi das melhores.

— É você, Catherine? Não, não me beije que me sufoca. Meu pai me disse que você viria. Quer fechar a porta? Você a deixou aberta.

Seguiu-se um rosário de lamentações e ficamos à volta dele, cumprindo ordens e tentando reanimá-lo.

— Então, Linton? — balbuciava Catherine. — Está contente por eu ter vindo?

— Por que não veio mais cedo? — respondeu ele. — Deveria tê-lo feito em vez de escrever. Eu ficava exausto por ter de responder a tantas cartas. Mas onde se meteu Zillah? Estou morto de sede!

Como a criada não estava à vista, providenciamos a água. Linton pediu a Catherine que voltasse mais vezes, e jurou-lhe que jamais voltaria a ser rabugento com ela!

— Meu querido Linton! — exclamou a jovem, encantada. — Quem me dera que você fosse meu irmão.

— Nesse caso gostaria tanto de mim como de seu pai? Mas o meu pai diz que se nos casássemos você ainda gostaria mais de mim. Isso é o que eu queria.

Cathy afirmou gravemente que não poderia gostar de alguém mais do que gostava do seu pai, e que, de mais a mais, havia esposos que se odiavam; já os irmãos sempre se davam bem.

Linton negou que isso fosse possível. Cathy, inocentemente, deu como exemplo o pai e a mãe dele.

— Mentira! — berrou Linton.

Catherine afirmou que o pai, que jamais mentia, havia lhe contado isso, e que Heathcliff era tão mau, que a tia Isabella o havia deixado por essa razão.

— Ela não o deixou!

— Deixou, sim.

— Pois vou dizer-lhe uma coisa — tornou Linton. — A sua mãe gostava do meu pai, eis aí a verdade.

Furiosa, Catherine deu-lhe um empurrão. Linton caiu de lado e teve um prolongado acesso de tosse. Ajeitei-o, enquanto ela chorava por ter-lhe feito mal. Após alguns minutos, perguntei:

— Como se sente agora?

— Como queria que eu me sentisse? Criatura cruel! Hareton nunca me bateu. E logo hoje que eu estava melhor...

Entrou a gemer e suspirar, decerto para comover a prima. Por fim, ela desculpou-se, mas ele afirmou que não queria mais falar com ela, pois iria passar uma noite a tossir, porque ela tinha provocado o agravamento do seu estado. Mandou-nos embora, pois não aguentava sequer o som da voz da prima. Enquanto ela se retirava, ele começou a gemer cada vez mais alto, procurando comovê-la. Quando ela estava prestes a transpor a porta, ele deslizou da poltrona para o chão, contorcendo-se e gritando. Percebi imediatamente sua manobra, mas Cathy não. Voltou atrás e fizeram as pazes.

— Quer mesmo que o visite de vez em quando? — perguntou ela.

— Já disse que sim — tornou ele, impaciente. — Você virá amanhã?

— Não — respondi eu. — Nem depois de amanhã.

Mas Catherine segredou-lhe algo e partiu alegre como um passarinho. No caminho perguntou se eu gostava de Linton.

— Gostar dele? — exclamei. — É a mais mal-humorada das criaturas. Felizmente, como disse o Sr. Heathcliff, não há de durar muito. Ainda bem que o pai tomou conta dele.

Catherine ficou chocada ao ouvir essas palavras e discordou delas. Observei-lhe que, se tentasse de novo ir ao Morro dos Ventos Uivantes, eu teria de contar tudo ao Sr. Linton.

— A amizade com seu primo não pode ser reatada — ponderei.

— Já foi — murmurou ela, maldisposta.

— Mas então não continuará.

— É o que se vai ver — replicou, saindo a correr.

O resultado daquela aventura foi que adoeci e fiquei de cama por algum tempo. Catherine portou-se como um anjo e desdobrava-se entre mim e o pai. Seu dia era inteiramente dividido entre os dois enfermos. Mas nunca refleti no que poderia fazer à noite. E embora frequentemente, quando vinha me dar boa-noite, eu notasse mais cor nas suas faces e certa vermelhidão nos dedos, em vez de calcular que isso era devido a uma cavalgada através da charneca naquele tempo frio, eu atribuía tudo ao calor do fogo na biblioteca."

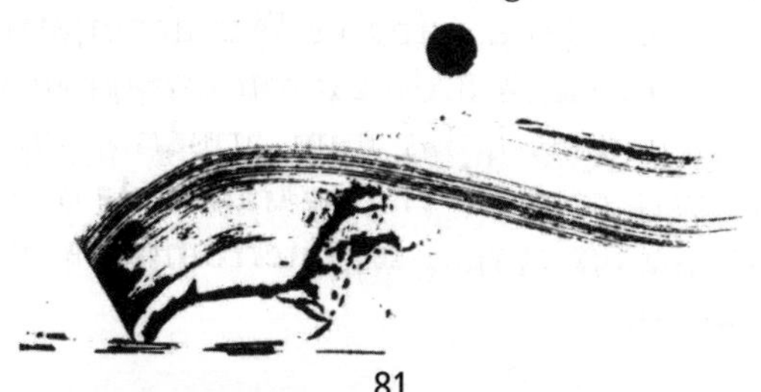

Capítulo 24

"Decorridas três semanas, pude enfim sair do quarto e andar pela casa. Na primeira noite, mal o Sr. Linton se recolheu, pedi a Catherine que lesse um pouco para mim na biblioteca. Ela acedeu, contrafeita, e frequentemente interrompia a leitura para me aconselhar a ir para a cama.

— Ellen, não está cansada?

— Não — respondia eu, invariavelmente.

Na terceira noite, assim que se viu a sós comigo, pretextou dor de cabeça e retirou-se para seu quarto. Logo desconfiei de algo e fui procurar por ela pouco depois. Catherine não estava deitada e não havia sinal dela em canto algum. O silêncio era absoluto. Sentei-me então junto da janela e esperei.

Mais tarde ela empurrou a porta devagarinho, tirou os sapatos cheios de neve e ia despir a capa, quando me viu. Soltou uma exclamação.

— Onde esteve? — perguntei.

Tentou mentir, mas acabou por contar toda a verdade: durante todas aquelas noites cavalgava até o Morro dos Ventos Uivantes para cumprir a promessa feita a Linton. Mas essas visitas não constituíam um divertimento para ela. Passava a maior parte do tempo em aflições. Embora Zillah preparasse a sala, acendesse o fogo e lhes arranjasse algo para comer, o gênio rabugento de Linton estragava tudo. Uma vez encontraram duas bolas num armário, uma marcada com um C e outra com um H. Jogaram e ela o venceu todas as vezes, o que o fez zangar-se, interromper a brincadeira e afastar-se tossindo.

Outro dia encontrou-se com Hareton, que lhe acariciou o cavalo, conduziu-a até a entrada da casa e declarou-lhe, orgulhoso, que já sabia ler os dizeres da fachada.

— Ótimo — disse-lhe ela. — E os algarismos?

— Isso eu ainda não sei — ele respondeu.

— Ah, como você é ignorante! — exclamou ela, rindo francamente de seu malogro.

Hareton pareceu não entender bem a ofensa; não sabia se se zangava ou se ria com Cathy. Com certeza, pensava que por saber soletrar algumas palavras poderia comparar-se a Linton.

— Cale-se! — interrompi. — Lembre-se de que ele é também seu primo. Se você fosse educada do mesmo modo, seria tão grosseira quanto ele.

Ela ficou surpresa com minha veemência, disse-me que Hareton não merecia a sua gentileza e continuou o relato. Quando chegou à casa, Linton, como sempre, estava passando mal. Ela preparava-se para ler alguma coisa para ele, quando Hareton entrou feito um furacão.

— Com certeza só naquele momento ele entendeu o sentido de minhas palavras — explicou — pois o bruto expulsou-nos da sala para a cozinha e trancou a porta. Linton teve um acesso de cólera, gritava sem parar, enquanto Joseph soltava uma gargalhada diabólica, afirmando que tinha certeza que Hareton faria aquilo, mais cedo ou mais tarde.

— Demônio, demônio, vou matá-lo! — berrava Linton.

— Olhem como parece o pai — concluía Joseph.

— Tentei afastar Linton dali — prosseguiu Catherine —, mas ele teve um terrível ataque de tosse e começou a botar sangue pela boca. Levaram-no ao andar superior e proibiram-me de tratar dele. Tive de voltar para casa, na maior angústia. Pois saiba que no caminho apareceu-me Hareton, tentando desculpar-se. Chicoteei-o, pois pensei a princípio que queria me matar. Ele vomitou suas pragas abomináveis e galopei para casa, quase alucinada. Mas o pior aconteceu quando lá retornei. Linton teve a coragem de afirmar que eu fora a causadora de tudo e que Hareton era inocente. Depois disso, ora me trata bem, ora nem quer saber de mim. Ellen, que terrível temperamento o dele! Um dia cheguei a afirmar que ele não gostava nada de mim e que aquela seria a nossa última entrevista. Então fez um discurso que julguei sincero. Disse-me que seu pai o desprezava e que ele acabou por acreditar-se indigno e insignificante.

— *Sou* indigno, irritável, de mau caráter. É melhor mesmo você me dizer adeus. Mas, se eu pudesse, seria meigo e bom como você. Sempre lastimarei esse fato.

Contou-me ainda que Heathcliff escutava às escondidas as entrevistas entre os dois, pois reprovava o comportamento insuportável do filho para com ela. Como poderia ele saber? Catherine pediu-me que não revelasse ao seu pai nada do que se passara.

— Até amanhã decidirei, Cathy — respondi.

Entretanto, saí dali direto ao quarto do meu patrão e contei-lhe tudo.

O Sr. Linton alarmou-se; no dia seguinte, Catherine soube que eu tinha traído sua confiança. Suas visitas secretas foram proibidas. Em vão chorou e implorou ao pai que se condoesse de Linton. O máximo que conseguiu foi a promessa de que ele escreveria ao sobrinho autorizando-o a vir à Granja dos Tordos sempre que quisesse.

Talvez, se ele conhecesse o caráter do rapaz e seu estado de saúde, tivesse achado melhor não conceder nem mesmo essa mínima satisfação."

Capítulo 25

"Tudo isso, Sr. Lockwood, aconteceu no inverno passado — disse a senhora Dean. — Jamais imaginei contar essa história a um estranho. Mas quem sabe o senhor deixa de ser um estranho? Ninguém consegue ver Catherine Linton sem se apaixonar. E o senhor se anima quando eu falo nela...

— Basta, minha amiga. E então, diga-me, ela obedeceu às ordens do pai?

— Sim. Seu amor filial era profundo, e o Sr. Linton apenas temia que algo lhe acontecesse, caso faltasse de uma hora para outra. Ele confessou-me que não se importava se Cathy casasse com o filho de Heathcliff, caso isso a fizesse feliz. Mas se o rapaz não valia nada... se era mero instrumento do pai, não lhe podia confiar a sua Cathy.

— Prefiro entregá-la a Deus e enterrá-la antes de mim — afirmou.

Jurei que ficaria sempre perto da jovem; assegurei-lhe que ela era uma boa moça e que voluntariamente jamais enveredaria pelo mal.

Influenciado pela filha, o Sr. Linton acabou por escrever ao sobrinho, convidando-o a visitá-los. Foi a vez de Heathcliff negar sua permissão, sugerindo, em vez disso, um encontro nas imediações. Linton escreveu uma carta ao tio. 'Estou melhor de saúde', dizia. 'Apenas vivo condenado à solidão e à convivência dos que não me amam. Creio que basta uma entrevista para convencê-lo de que não tenho o temperamento de meu pai.' Pelo estilo da resposta, percebia-se nitidamente a colaboração de Heathcliff em sua feitura.

O Sr. Linton concordou com o encontro para o verão seguinte, mas, devido à insistência da filha, permitiu que os namorados dessem um passeio a pé ou a cavalo nas imediações da granja, vigiados por mim.

O mês de junho veio encontrar meu patrão muito fraco. Sua grande preocupação, ou melhor, desejo, era que Catherine pudesse de algum modo recuperar a casa de seus antepassados. Compreendia que a única solução para isso estava no casamento da filha com o herdeiro da propriedade. Mas o que Edgar ignorava era que o filho de Heathcliff debilitava-se tão rapidamente quanto ele próprio. Aliás, ninguém reparava nisso, creio eu. Nunca um médico fora chamado ao Morro dos Ventos Uivantes para dar informações mais concretas sobre a saúde do jovem Linton. Eu mesma pensava que ele estivesse em vias de restabelecimento, pois que falava em passeios a cavalo e a pé. O que não podia imaginar era que um pai pudesse tratar um filho moribundo de maneira tão tirânica como Heathcliff o fazia, quase o obrigando àquele ardor aparente. Os esforços daquele implacável interesseiro redobravam, à medida que percebia seus planos ameaçados pela morte iminente do filho."

Capítulo 26

"Já haviam passado as primeiras semanas do verão, quando Catherine foi encontrar-se com o primo, acompanhada por mim.

Estava um dia abafado, prenunciando chuva.

Linton não estava no local combinado e, sim, muito perto do Morro dos Ventos Uivantes.

— O Sr. Edgar nos disse que não saíssemos dos limites da granja — objetei. — Já lhe estamos desobedecendo.

Linton não viera a cavalo e estava deitado entre as urzes. Só se levantou quando nos aproximamos e estava tão pálido que não pude deixar de comentar sua má-disposição:

— O senhor não se encontra em estado de passear esta manhã! Que mau aspecto tem!

Muito espantada e pesarosa, pois ansiara pelo encontro, Catherine perguntou se ele se sentia pior.

— Não... estou melhor, melhor! — disse ele, ofegante.

Tremia e retinha a mão da jovem, como se precisasse de apoio, e seus olhos azuis estavam rodeados de profundas olheiras.

— Mas você piorou — teimou a prima. — Está mais magro e...

— Estou cansado — atalhou precipitadamente o rapaz. — Faz tanto calor para passear! O melhor é ficarmos aqui. O meu pai diz que cresço muito depressa.

Insatisfeita, Catherine sentou-se e ele estirou-se a seu lado. Mas a conversa não prosseguia; Linton cabeceava de sono. Sua antiga rabugice fora substituída por uma completa apatia.

Catherine percebeu tão bem quanto eu que nossa companhia lhe era mais penosa do que simpática, de modo que propôs partirmos. A sugestão inesperadamente despertou Linton de sua letargia. Tornou-se muito agitado. Olhando com receio em direção ao Morro dos Ventos Uivantes, implorou que ficássemos pelo menos mais meia hora.

— É que você estaria mais confortável em casa — disse ela.

— Pelo amor de Deus, Cathy, não diga que estou *muito* doente. Este calor abafado é o que me oprime. Também estou cansado da caminhada que fiz. Diga ao tio Edgar que estou melhor, por favor.

Catherine admirou-se de ele lhe pedir tal coisa, pois tratava-se de uma mentira evidente. Confessou que não poderia confirmar aquelas palavras; apenas as transmitiria ao pai.

— Ainda uma coisa — pediu Linton. — Se você encontrar meu pai, não lhe diga que estou assim monótono e pouco animado, senão ele ficaria irritado.

O rapaz acabou por adormecer e Cathy procurou distrair-se colhendo frutinhas silvestres pelas imediações, repartindo-as comigo.

Ao fim de meia hora, Linton despertou sobressaltado, julgando ouvir uma voz que o chamava.

— Se você não está pior de saúde — insistiu Catherine — o seu amor por mim enfraqueceu muito.

— Cale-se — disse ele, apavorado. — Aí vem meu pai.

Realmente Heathcliff aproximava-se; imediatamente, eu e Cathy fomos embora. Linton mal teve consciência de nossa partida, tão aflito estava com a chegada do pai.

A caminho de casa, ela mostrava-se confusa, experimentando sentimentos de piedade e remorso em relação ao estado do primo.

O Sr. Linton pediu-nos informações sobre o encontro e a jovem respondeu-lhe de modo bastante vago. Eu também não sabia com clareza o que deveria esconder ou revelar."

Capítulo 27

"Decorreram sete dias e a saúde de meu patrão foi piorando pouco a pouco. Catherine não se afastava do pai sob nenhum pretexto, e as penosas vigílias iam marcando de palidez seu belo rosto.

A entrevista seguinte que tivemos com Linton foi desastrosa. Cathy estava decidida a não se demorar, e exigia que ele fosse explícito: não aturaria mais suas simulações; que ele dissesse de uma vez por todas que não precisava dela. Por seu turno, ele se confessava covarde e insignificante, mas suplicava-lhe em prantos que não o abandonasse.

Heathcliff aproximou-se sem que o percebêssemos, e foi extremamente cruel com o filho.

— Levante-se, réptil nojento — exclamou ao ver o rapaz caído na relva. — Não se arraste pelo chão.

Linton fez vários esforços para obedecer, mas suas forças estavam tão aniquiladas que se afundou outra vez, com um gemido.

— Olhe que já começo a ficar fora de mim — berrou Heathcliff com ferocidade incontida.

— Vou me levantar — gemeu Linton. — Pode acreditar que cumpri suas ordens... que tenho estado contente ao lado de Catherine...

Não entendíamos exatamente o que se passava e, quando nos dispusemos a partir, o terror de Linton nos paralisou.

— Não posso voltar para aquela casa sem você! — suplicou o rapaz. — Não posso!

— Meu querido Linton — murmurou Catherine —, não posso ir ao Morro dos Ventos Uivantes. Meu pai proibiu-me. *Ele* não vai lhe fazer mal — dizia, referindo-se a Heathcliff. — De que tem medo?

Linton continuou implorando-lhe a companhia; porém Cathy a negava, em razão da promessa que fizera a seu pai. Para finalizar a questão, Heathcliff propôs que eu fosse com o filho, enquanto ele sairia em busca de um médico. Entretanto, o pavor de Linton era tão frenético, que acabamos todos indo para o Morro dos Ventos Uivantes. Mal adentramos a sala, Heathcliff trancou a porta a chave; eu estremeci.

— Vou servir-lhes um chá — disse ele. E, dirigindo-se a Catherine: — Sente-se ao lado *dele*. É o único presente que lhe posso dar. Não é de grande valia, mas o que se há de fazer? Ah, como me olham aterrados, e como os odeio!

— Não tenho medo de você! — gritou Catherine e avançou para arrancar-lhe a chave das mãos.

Heathcliff levantou os olhos surpreendido, talvez por recordar, pela voz e pelo olhar da jovem, a pessoa de quem ela herdara aquela temeridade; mas voltou logo a si. Como ela lhe mordesse os dedos para deles arrancar a chave, Heathcliff agarrou-a e deu-lhe, nos dois lados da cabeça, uma chuva de tapas.

— Assim é que se corrigem as crianças — disse o patife com ar feroz. — Pode chorar à vontade. Passarão aqui dois ou três dias e então poderão partir para a granja, levando Linton. Mas estarão casados a essa altura.

Súplicas e prantos foram inúteis. Olhávamos com desprezo para Linton, que, agora compreendíamos, nos arrastara àquela armadilha, seguindo os planos do pai. Catherine tentou comover o algoz, afirmando-lhe que não o odiava, que casaria com Linton, mas que a deixasse partir para evitar sofrimento ao pai.

— Será uma satisfação imensa para mim — afirmou o canalha —, saber que seu pai está sofrendo. Saibam que já soltei os cavalos e eles pensarão, na Granja dos Tordos, que algo aconteceu a vocês.

— Há lei neste país — gritei, desesperada. — Pode ter certeza de que vou denunciá-lo!

O miserável deu-me um soco em pleno peito, o que me fez sentir falta de ar, e dali por diante procedeu como quis. Ordenou ao filho, tão traidor quanto o pai, que se recolhesse e que não fizesse o menor ruído, senão... Prendeu-nos a nós duas no andar superior, onde passamos a noite chorando e nos lastimando. Os criados da granja que vieram à nossa procura foram mandados de volta, sem notícias.

Eu me consumia em sentimentos de culpa. Passando em revista as transgressões que havia cometido em relação aos meus deveres, achava que tinha causado a infelicidade de meus amos. Sei agora que não foi bem assim; contudo, na minha imaginação, era como eu pensava naquela triste noite.

Pela manhã, Heathcliff veio em busca de Cathy, mas manteve-me trancada, por mais socos que eu desse na porta. Imaginava o terror da minha menina, que nunca fora tratada com semelhante brutalidade, e sentia meu coração oprimido dentro do peito.

Mais tarde, ouvi passos, mas era Hareton, que me trazia alimentos. Foi inútil implorar por sua ajuda. E ali fiquei encerrada o dia inteiro, e a noite que se seguiu. E mais outro, e outro... Cinco noites e quatro dias inteiros sem ver ninguém, senão Hareton, que aparecia todas as manhãs. Era um carcereiro exemplar: soturno, mudo e surdo a todas as tentativas para lhe despertar sentimentos de justiça e compaixão."

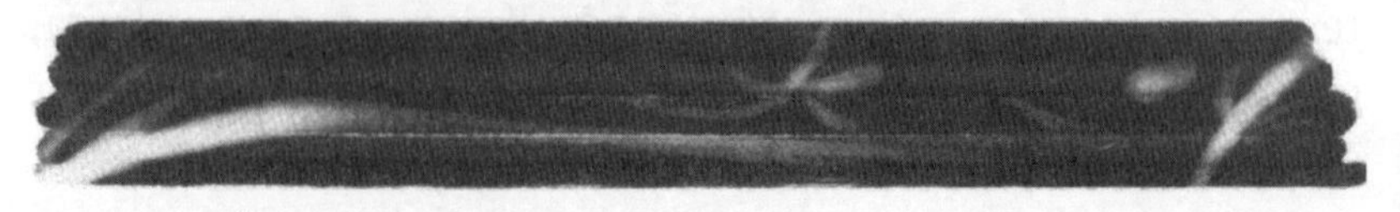

Capítulo 28

"Na manhã do quinto dia, ouvi passos diferentes: era Zillah, que me contou todos os mexericos do povoado. Achavam que tínhamos nos extraviado nos pântanos e que fôramos salvas por Heathcliff.

— Esteve num terrível apuro, não? — perguntou-me. — Mas, apesar de tudo, não a acho mais magra, Sra. Dean.

Eu estava tão furiosa com Heathcliff, que nem liguei à última observação. Foi-me permitida a volta à granja, mas sem Catherine, que continuava prisioneira.

Fui à sala à cata de notícias dela, e lá encontrei Linton perto da lareira, chupando um pirulito de açúcar-cande, com ar inocente. Quando perguntei por sua prima, respondeu que estava presa lá em cima e que ele e o pai não a deixariam partir.

— Que bela gratidão! Não se lembra como Cathy foi boa com você?

— Meu pai diz que não devo ter contemplações com Catherine. Ela agora é minha mulher e não pode abandonar-me. Diz também que ela me odeia e deseja que eu morra para ficar com meu dinheiro. Pois não encostará um dedo nessa herança, e muito menos voltará para casa.

Fiquei horrorizada com tanto egoísmo e crueldade. Linton continuou:

— Ela chora tanto que me aborrece e não consigo ficar a seu lado. Uma noite tive de chamar meu pai, e ele quase lhe torceu o pescoço.

Não pude esconder minha angústia:

— E Heathcliff, onde está?

— Está no pátio, conversando com o Dr. Kenneth.

Soubemos por ele que meu tio Edgar está moribundo. Ainda bem, porque serei o dono da granja. Tudo o que Catherine tem pertence-me. São meus todos os seus belos livros, os lindos passarinhos, a égua Minny. Ela prometeu dar-me todas essas coisas se eu furtasse a chave do quarto e a deixasse partir. Mas respondi que ela não tinha nada a oferecer-me, pois tudo o que ela possuía agora era meu. Então ela chorou, tirou um medalhão de ouro do pescoço, com o retrato dos pais, declarando que seria meu. Quis forçá-la a entregar-me a joia, pois também era minha, e ela gritou. Chamei Heathcliff, que lhe deu uns bofetões e arrancou o medalhão do seu pescoço.

— Ficou contente com isso? — perguntei, cheia de aflição.

— Não me incomodei. É como se o meu pai batesse num cão ou num cavalo.

Parti para a granja meditando na falta de caráter do rapaz. Não havia dúvida de que era filho de Heathcliff.

Encontrei o Sr. Linton muito mal, mas prometi-lhe que Catherine em breve voltaria para casa. Tive de contar-lhe, ainda que saltando detalhes, o motivo de nossa detenção. Meu amo compreendeu que Heathcliff queria assegurar ao filho, ou melhor, a ele próprio, não só os bens móveis, como também todas as propriedades dos Lintons. Mas como ignorava o estado de saúde do sobrinho, não compreendia o porquê de ele agir com tanta pressa. De qualquer modo, decidiu chamar o notário para que alterasse o testamento, de modo que seus bens passassem diretamente aos filhos de Catherine, e não a Heathcliff.

Não tardamos a perceber que o funcionário havia sido subornado pelo dono do Morro dos Ventos Uivantes, pois inventou desculpas e não compareceu.

Por um golpe de misericórdia divina, Linton decidiu

finalmente correr o risco de libertar Catherine. (Soubemos depois que foi duramente castigado.) Ela apareceu na granja em plena noite, ofegante e desesperada com o estado do pai. Este morreu feliz, nos braços da jovem, com um olhar extasiado.

Catherine, agora Sra. Linton Heathcliff, teve autorização para permanecer na casa do pai até a realização do enterro. Tive de invocar o testamento para assegurar a meu patrão seu lugar no túmulo ao lado da esposa, pois o notário, manejado por Heathcliff, tentou separá-los, mesmo depois de mortos."

Capítulo 29

"Na noite seguinte ao enterro, eu conversava com minha jovem patroa na biblioteca, quando apareceu Heathcliff. Eu acalentava a esperança de conseguir permissão para que Catherine continuasse a residir na granja, mas ele foi claro: os criados seriam despedidos, ele alugaria a propriedade e levaria a nora para o Morro dos Ventos Uivantes. Ordenou-lhe que se arrumasse logo para partir em sua companhia.

— E nada de desobediências. Quando soube que Linton ajudou-a na fuga, dei-lhe o castigo que merecia. Você mesma verá. Não precisei encostar-lhe um dedo, pois o idiota é frágil como uma teia de aranha. Mas está suficientemente apavorado para tentar outras rebeldias.

Catherine saiu para juntar suas coisas e eu aproveitei sua ausência para implorar a seu sogro que me permitisse acompanhá-la na qualidade de governanta, mas ele não admitiu sequer considerar tal hipótese.

Estávamos na biblioteca, a mesma sala onde há dezoito anos Heathcliff entrara como visita. A mesma lua brilhava através da janela. Começou a contar-me o que fizera na noite anterior.

— Obriguei o coveiro que preparava a sepultura para Edgar a abrir o caixão de Catherine. Saiba que seu rosto estava ainda reconhecível. Por mim ficaria ali com ela de vez. Depois subornei o homem para que me enterrasse junto dela quando eu morresse, e que vedasse o lado de seu caixão que dava para o de Linton.

— Isso não se faz, Sr. Heathcliff. Perturbar o repouso de uma morta!

— Não perturbei ninguém, Nelly. Apenas me concedi certo sossego. Eu não a perturbo. Ela é que me persegue há dezoito anos, sem descanso. Só ontem experimentei certa paz: sonhei que dormia o último sono a seu lado, o coração parado, seu rosto frio junto ao meu. Sabe, Nelly, sua morte me deixou meio louco. No dia em que foi enterrada, nevava. À noite fui ao cemitério e cavei o túmulo, pensando em abraçá-la uma última vez. Mas de repente julguei ouvir um suspiro e soube que ela estava ali, não debaixo da terra, mas a meu lado. Só que não conseguia vê-la. Voltei ao Morro dos Ventos Uivantes, com a certeza de que ia encontrá-la. Corri ansioso para a porta. Encontrei-a fechada. Aquele idiota do Hindley e minha mulher opunham-se a que eu entrasse. Quando finalmente o consegui, fui ao quarto, olhei impaciente ao redor. Senti-a próximo a mim... Quase a podia ver e, no entanto, não a via! Desde então tenho sido o joguete dessa tortura inadmissível.

Heathcliff tinha os cabelos molhados de suor e fixava as brasas da lareira. Depois de uma pausa, aproximou-me do grande retrato de Catherine, que pendia da parede, e ordenou-me que o enviasse ao Morro dos Ventos Uivantes no dia seguinte. Enquanto ele o contemplava, Catherine apareceu e disse que poderiam partir assim que selassem seu potro.

— Daqui por diante, se quiser andar terá de usar as pernas — replicou Heathcliff. — Vamos embora.

— Adeus, Ellen — murmurou ela, beijando-me. Seus lábios estavam frios como o gelo. — Vá visitar-me.

— As visitas ao Morro estão proibidas — disse-me Heathcliff. — Não quero espiões em minha casa.

Olhei-os enquanto se afastavam, com o coração partido. Heathcliff agarrara o braço da jovem, arrastando-a a largos passos pela alameda onde, em breve, as árvores os ocultaram."

Capítulo 30

"Fui uma vez ao Morro dos Ventos Uivantes, mas não consegui ver Catherine. Joseph não me deixou entrar e disse que a senhora tinha o que fazer. Se Zillah não me desse algumas notícias de vez em quando, eu nem saberia se estão vivos ou mortos. Ela me conta que a altivez de Catherine aborrece a todos. Desde o primeiro dia, subiu ao quarto, sem ao menos dar boa-noite a quem quer que fosse. Zillah compreendia que a vida da jovem não era fácil, mas não podia fazer nada a respeito. Linton morrera junto dela, sem que Heathcliff chamasse o médico ou fizesse o menor gesto para suavizar seus sofrimentos.

— Ele não vale um caracol — dissera Heathcliff. — Não vou gastar dinheiro com ele. — Depois, virando-se para a nora: — Ele está finalmente morto. Como se sente?

Catherine respondeu:

— Ele está em paz, e eu, livre. Mas convivi tanto com a morte que me sinto morta também.

Cathy adoeceu e ficou sozinha no quarto durante duas semanas. Nessa época, Zillah tentou aproximar-se, mas ela recusou qualquer demonstração de interesse.

— Um dia de domingo — ela continuou — em que Heathcliff e Joseph saíram, Catherine desceu à sala onde eu e Hareton estávamos. Vinha, conforme declarou, porque não suportava mais o frio. Não pude deixar de pensar que ela agora estava tão pobre quanto eu. Talvez até mais, porque, de qualquer modo, vou juntando algum dinheirinho.

Hareton ficou visivelmente perturbado e comovido com a presença da prima. Colocou-se atrás dela, enquanto Catherine lia um livro, e concentrava a atenção nos cabelos espessos e sedosos da jovem. Atraído por eles como uma criança é atraída por uma vela, Hareton acabou por tocar um dos cachos, tão levemente como se acariciasse um passarinho. Catherine saltou como que impulsionada por uma mola.

— Não me toque! Como se atreve? Quero que vocês dois entendam bem o que vou dizer: recuso qualquer aproximação ou demonstração hipócrita de interesse. Quando eu implorava uma palavra generosa ou um gesto de ajuda, não obtive nada de vocês. Desprezo-os.

Zillah concluiu dizendo que ninguém podia estimar Catherine no Morro dos Ventos Uivantes. Ela não respeitava ninguém e chegava ao cúmulo de desafiar Heathcliff. Quanto mais era castigada, mais venenosa tornava-se."

Assim terminou a história da Sra. Dean. A despeito das professias do médico, logo me restabeleci. Fiquei muito impressionado com aquele relato. Tenciono ir a cavalo ao Morro dos Ventos Uivantes comunicar a Heathcliff que passarei o próximo semestre em Londres. Se ele quiser, que trate de arranjar outro inquilino. De forma alguma me seduz a ideia de ficar aqui mais um inverno.

Capítulo 31

Ontem foi um dia límpido, sereno, frio. Conforme tinha resolvido, fui ao Morro dos Ventos Uivantes. A minha governanta convenceu-me a levar um bilhete a Catherine.

Heathcliff não estava em casa, e Hareton interrompeu seu trabalho para me conduzir até lá. Catherine descascava legumes para o jantar. Pareceu-me mais taciturna e menos corajosa do que da última vez que a vira. Aproximei-me e deixei cair disfarçadamente o bilhete em seu colo, mas ela atirou o papel ao chão, exclamando em voz alta:

— O que é isso?

Revelei-lhe a destinatária, e a jovem quis reaver o papel. Mas Hareton foi mais rápido, apanhou-o e meteu-o no bolso, afirmando que Heathcliff iria gostar de vê-lo. Catherine não disse nada, mas desviou o rosto e puxou o lenço, levando-o aos olhos. Condoído, Hareton atirou-lhe o bilhete, que ela leu avidamente. Fez-me várias perguntas sobre os habitantes da granja.

— Quem me dera montar Minny e novamente descer por aqueles outeiros! — disse, alongando a vista pela paisagem. — Estou tão aborrecida... Hareton, sinto-me encurralada!

Perguntei-lhe se não desejava responder à Sra. Dean, e ela confessou-me não ter nenhum papel e nenhum livro.

— Heathcliff destruiu todos os meus livros. Mas também descobri que alguns foram parar no quarto de Hareton. Ele se apoderou deles como uma gralha leva colheres de prata, só pelo mero gosto de furtá-las.

Começou então a zombar do primo, chamando-o de rústico e ignorante, imitando-lhe o esforço que fazia para ilustrar-se, e finalizou afirmando que ele jamais o conseguiria.

Dominando os sentimentos de cólera e humilhação, Hareton saiu e voltou pouco depois com os livros de Catherine. Lançou-os em seu regaço.

— Pode ficar com eles. Nunca mais vou pensar nisso.

— Agora quem não os quer sou eu — replicou a prima. — Ficaram manchados pelo contato com a sua pessoa.

Em seguida, começou a ler um trecho de balada, imitando o tom hesitante de um semianalfabeto. Ora, o amor próprio de Hareton já não suportava aquele tormento. Agarrando os livros, lançou-os ao fogo. Percebi em seu rosto a angústia que esse sacrifício lhe causava. Preparava-se para sair rapidamente, talvez para esconder a própria emoção, quando Heathcliff entrou. O rapaz conseguiu fugir. Meu senhorio seguiu-o com a vista e suspirou.

— Quando procuro no seu rosto traços do pai, são os *dela* que eu vejo. Mal consigo encará-lo. Como pode se parecer tanto com *ela*?

Parecia inquieto e ansioso.

Aceitei seu convite para jantar. Ao lado dele e de Hareton, uma vez que Catherine jantava na cozinha com Joseph, a refeição nada teve de alegre. Participei ao meu senhorio a minha volta a Londres, embora continuasse a pagar o arrendamento da granja durante o tempo de vigência do contrato.

Parti sem tornar a ver Catherine, impressionado com a tristeza do Morro dos Ventos Uivantes. Não pude deixar de pensar no romantismo de minha governanta, ao fantasiar que eu me apaixonaria por sua antiga patroa e que, juntos, como num conto de fadas, abandonaríamos a solidão da charneca pela atmosfera febril da capital.

Capítulo 32

... 1802

Em setembro fui convidado a caçar na propriedade de um amigo, para os lados do norte e, na minha caminhada para lá, inesperadamente me achei a cerca de quinze milhas da Granja dos Tordos. Senti uma súbita vontade de visitá-la. Afinal, o contrato ainda estava em vigor, e legalmente eu ainda era o inquilino de Heathcliff.

Depois de me anunciar como o inquilino da casa e, com isso, assustar a nova governanta, pois a boa Sra. Dean morava agora no Morro dos Ventos Uivantes, pedi-lhe que me arranjasse aposentos para pernoitar e uma ligeira ceia, partindo em seguida a pé para a casa de meu senhorio. Por trás de mim resplandecia o sol poente, e a meiga claridade da lua brilhava à minha frente. Perguntava-me, curioso, a razão da transferência da Sra. Dean de uma casa para outra.

Quando atingi o Morro dos Ventos Uivantes, tudo o que restava do dia era um raio de luz cor de âmbar no horizonte.

Ao contrário da minha primeira visita, a cancela não estava trancada e cedeu à minha mão. Era um progresso, pensei. Mas havia outros: a fragrância de goivos e trepadeiras que embalsamava a atmosfera, vinda dos lados do pomar.

As janelas da sala estavam abertas, assim como as portas. Um belo fogo rubro iluminava a lareira. Não havia voltado a mim de meu assombro, quando ouvi uma voz, suave como um sino de prata, exclamar:

— Con-trá-rio! Já é a terceira vez que repito, seu ignorante! Trate de lembrar-se ou lhe puxarei os cabelos!

— Contrário — respondeu outra voz, mais grave. — E agora, dê-me um beijo.

Observei-os sem que me vissem. O rapaz, decentemente vestido, continuou a ler o livro. Suas belas feições resplandeciam de prazer e seus olhos erravam impacientes da página para uma mãozinha branca pousada no seu ombro. A dona dessa mão conservava-se atrás dele e seus caracóis louros misturavam-se às vezes com os cabelos escuros do rapaz. Quando a lição acabou, saíram abraçados para o jardim.

Encontrei minha amiga, a Sra. Dean, na cozinha, discutindo com Joseph. O velho afirmava que ele acabaria perdendo-se por causa *dela*, porque estava enfeitiçado.

A Sra. Dean ia responder quando me viu. Cumprimentou-me com muita alegria e, satisfazendo minha curiosidade em relação às modificações ocorridas naquela casa, contou-me os últimos fatos. Heathcliff morrera repentinamente, mas antes disso ela já havia sido intimada pelo patrão a voltar ao Morro dos Ventos Uivantes.

— Disse-me apenas que precisava de mim e que estava farto de ver Catherine. Vim imediatamente. Pouco a pouco fui trazendo da granja os objetos e livros pertencentes à minha menina, tratando de confortá-la.

A Sra. Dean narrou-me depois a aproximação dos dois primos.

— Hareton teve um acidente com uma espingarda no começo de março. O resultado é que esteve alguns dias metido na cozinha, entre mim e Cathy. Depois das mútuas implicâncias de costume e de várias brigas que quase me fizeram perder a cabeça, acabaram por se entender. O que quer? São jovens e estavam muito sós, não é verdade? Alegro-me agora, Sr. Lockwood, que o senhor não tenha tentado conquistar Catherine. Aqueles dois nasceram um para o outro. O remate de todos os meus desejos será a união deles. E no dia do casamento, juro, não haverá mulher mais feliz do que eu em toda a Inglaterra!

Capítulo 33

Os resultados da amizade de Catherine e Hareton cedo se fizeram sentir no Morro dos Ventos Uivantes.

"O primeiro incidente foi com Joseph — continuou a Sra. Dean. — Sem minha autorização, a jovem convenceu o primo a limpar um espaço do terreiro, entre as groselheiras de Joseph, a fim de plantar algumas flores.

— Que loucura! — disse-lhes eu. — Essas groselheiras são a menina-dos-olhos de Joseph.

Hareton replicou, confuso, que se havia esquecido completamente do fato.

Naquele mesmo dia, à hora da refeição, Joseph irrompeu na sala, furioso, berrando para Heathcliff:

— O senhor que me pague o ordenado, porque vou-me embora. Gostaria de morrer na casa onde servi por sessenta anos, mas não pode ser.

— Acabe logo com isso, idiota — atalhou Heathcliff.

— Não tenho nada a ver com suas brigas com Nelly.

— Não foi Nelly — replicou ele. — Foi essa amaldiçoada que enfeitiçou o rapaz, com seus olhos e seus modos indecentes. Agora foi a vez do meu jardim! Ah, tenho o coração partido...

— Esse idiota está bêbado? — perguntou Heathcliff. — Hareton, ele está acusando você?

— Arranquei dois ou três arbustos — redarguiu o rapaz — , mas vou plantá-los outra vez.

Catherine meteu-se no caso, chamou a culpa para si e acabou por desafiar meu patrão.

— O senhor não devia resmungar por causa de alguns metros de terreno que quero enfeitar, já que me tomou todas as terras que eu possuía.

— Suas terras, sua insolente! Você nunca teve nada!

— E o meu dinheiro! — continuou ela. — E as terras e o dinheiro de Hareton!

Heathcliff fitou-a com ódio mortal e agarrou-a pelos cabelos, antes que Hareton conseguisse salvá-la. Parecia a ponto de reduzir Catherine a pedaços, quando, de repente, os dedos dele afrouxaram. Segurou-a por um braço e fitou-a intensamente no rosto. Em seguida levou a mão aos olhos, tentando recompor-se. Depois expulsou a todos da sala, intimando Hareton a se afastar de Catherine.

Já ninguém conseguiria separar os primos, a despeito de todas as ameaças. Eu me orgulhava muito de ambos. Veja, Sr. Lockwood, de certa maneira eram ambos como meus filhos. O caráter honesto e ardente aliado à inteligência cedo dissiparam as nuvens de ignorância e degradação a que Hareton fora submetido. Catherine sentia por ele uma admiração sincera.

Um dia em que estavam entretidos junto ao fogo lendo um livro, Heathcliff apareceu repentinamente. Os jovens ergueram os olhos ao mesmo tempo e encararam o patrão. Talvez o senhor nunca tenha reparado que os olhos dos primos são quase iguais: são os olhos de Catherine Earnshaw. Suponho que essa semelhança tenha desarmado Heathcliff, que ordenou apenas que os dois deixassem a sala. Estava tomado de grande agitação.

— É uma triste conclusão, não é Nelly? — observou ele. — Tomo alavancas e picaretas para destruir as duas casas e no final... não me interessa mais. Perdi a faculdade de gozar da ruína deles. — Depois de uma pausa, continuou: — Nelly, uma estranha mudança se aproxima, a sua sombra já me envolve. Tenho tão pouco interesse pela vida, que nem mais me lembro de comer ou beber. A semelhança desses dois com Catherine é insuportável. Essa presença, que é a presença *dela*, alucina-me. Mas na verdade, para mim, tudo é associado a Catherine. Vejo seu rosto desenhado nas lajes, no chão. Em cada nuvem, em cada árvore, a sua imagem persegue-me constantemente. O mundo inteiro é uma terrível coleção de lembranças de que Catherine existiu e que eu a perdi. Oh, Deus, tem sido uma luta dura! Quem me dera acabar com ela!

Começou a andar de um lado para outro, tomado de grande agitação e falando coisas tão terríveis, que tive de concordar com Joseph: a consciência transformara seu coração num inferno.

Embora raramente ele demonstrasse seu desespero, aquele era seu estado de espírito habitual, tenho certeza. Só que as pessoas não adivinhavam o que lhe ia na alma. O senhor, quando o viu, não adivinhou, não é, Sr. Lockwood? Era a mesma coisa então. A única diferença era que estava mais amigo da solidão permanente, e talvez ainda mais lacônico."

Capítulo 34

"Depois daquela noite, o Sr. Heathcliff evitou encontrar-se conosco durante as refeições. Certa noite, ouvi-o sair e na manhã seguinte notei que ainda não havia voltado. Estávamos do lado de fora, a relva muito verde por causa dos aguaceiros de abril, e as macieiras em flor. De repente Catherine, que havia entrado por alguns minutos, voltou dizendo que Heathcliff retornara.

— Falou comigo — disse, perplexa. — E parece... contente.

Corri a ver aquele fenômeno. Heathcliff estava no limiar da porta, trêmulo, e havia realmente em seus olhos um brilho estranho, jubiloso, que lhe alterava toda a fisionomia.

Durante os dias subsequentes, não se alimentou, ausentava-se durante a noite, ou ficava desperto na sala, murmurando frases esquisitas. Frequentemente fugia para o leito encerrado no cubículo. Fiquei pensando na sua origem; se ele não seria um vampiro ou um lobisomem. Na verdade, quem era aquela criatura morena, recolhida por um homem bondoso ao qual haveria de causar sua ruína? No entanto, tentei afastar esses pensamentos. Eu conhecia Heathcliff, tratara dele na infância, acompanhara sua adolescência e sabia de quase todos os passos que dera na vida. Sentia também que ele estava para morrer e não teríamos, para escrever sobre sua lápide, nem seu sobrenome, que não conhecíamos, nem a data de seu nascimento. Se o senhor entrar no cemitério verá que na lápide só figura seu nome e a data de sua morte.

Tentei ajudá-lo naqueles dias, mas não pude fazer nada. Sua agitação aumentava, não se alimentava, parecia seguir com os olhos uma imagem invisível para os demais.

Um dia, desejou conversar comigo como antigamente. Disse-lhe sinceramente que seus modos me assustavam. Ele sorriu, lúgubre.

— Creio que você me considera um demônio, Nelly. Na verdade, todos têm medo de mim. Bom, há *alguém* que não foge da minha companhia. Ela é inexorável. Santo Deus! Isto é demais para um ser humano suportar... mesmo eu.

Certa manhã, após uma noite de chuva intensa, vi do jardim que a janela do cubículo estava escancarada. Corri para lá. Heathcliff lá estava, deitado de costas. Os seus olhos encontraram os meus, tão penetrantes e jubilosos, que estremeci; parecia sorrir, e achei que não estava morto. Mas tinha o rosto e o peito encharcados da chuva, os lençóis gotejavam e ele mantinha-se absolutamente imóvel. O postigo, batendo num vaivém constante, esfolara-lhe a mão, que se apoiava no peitoril. Mas não sangrava, e quando o toquei, não tive dúvidas: sua rigidez denunciava que havia morrido.

Tranquei a janela, afastei a mecha de cabelo negro de sua testa e tentei fechar-lhe os olhos, em vão. Atemorizada, chamei Joseph, que ao observar o morto sentenciou que o Diabo tinha levado sua alma. Depois ajoelhou-se, levantou as mãos ao céu e deu graças a Deus por ver, enfim, que o seu amo legítimo e a antiga estirpe dos Earnshaws voltavam a assumir os seus direitos sobre a propriedade.

Sepultamos Heathcliff seguindo suas recomendações à risca, para escândalo da vizinhança. Desde essa data, as pessoas dessa região afirmam que o veem, ao lado de uma mulher, a vagar pela charneca e mesmo ao redor da casa. Sei que são superstições, mas estou aflita para voltar à granja."

— Vão então morar na Granja dos Tordos? — perguntei.

— Sim, senhor, logo que eles se casem, o que ocorrerá no Ano-novo.

— E ninguém ficará aqui?

— Apenas Joseph e um rapaz para lhe fazer companhia. Habitarão a cozinha e o resto ficará fechado.

— Para uso exclusivo dos fantasmas... — observei.

— Não, Sr. Lockwood, creio que os mortos estão em paz. Não se deve falar deles com leviandade.

Neste momento, ouvimos a cancela do jardim. Eram Catherine e Hareton que voltavam de um passeio. Quando chegaram à porta, pararam um instante para ver mais uma vez o luar, ou melhor, para contemplarem um ao outro.

Não sei por que não quis encontrá-los. Depositei uma gorjeta na mão da Sra. Dean e fugi. Antes atirei uma libra de ouro a Joseph, que me reconheceu então como pessoa respeitável.

A caminho de casa, passei pelo cemitério. Procurei e logo descobri as três lápides na vertente, perto dos pântanos: a de Catherine, no meio, cinzenta, meio escondida entre as urzes; a de Edgar Linton, revestida de ervas e musgo; e a de Heathcliff, ainda nua.

Demorei-me em torno delas, sob o céu benigno, vendo as borboletas esvoaçando sobre os arbustos e as campânulas, escutando a brisa suave que passava por entre as ervas e pensando como poderia alguém imaginar que fosse inquieto o sono daqueles que dormiam na terra tranquila.

QUEM É VILMA ARÊAS?

Vilma Arêas nasceu em Campos, Estado do Rio de Janeiro.

Publicou em 1976 um livro de contos, *Partidas*, e um ensaio intitulado *A cicatriz e o verbo*, sobre a obra de Augusto Abelaira. Em 1987 foi publicado *Na tapera de Santa Cruz*, um ensaio sobre o escritor Martins Pena. Seu primeiro livro na área da ficção juvenil, *Aos trancos e relâmpagos*, da Série Diálogo, ganhou o Prêmio Jabuti 1988.

Estudiosa de Literatura Portuguesa e Brasileira, Vilma trabalha atualmente na área de Teoria Literária, na Universidade de Campinas, além de colaborar em jornais e revistas.